1학년
사키와 미야노
SASAKI AND MIYANO
otoko Hachijo
Shou Harusono
원작 만화

Boys Life

소설
사사키와 미야노
SASAKI AND MIYANO

목차 CONTENTS

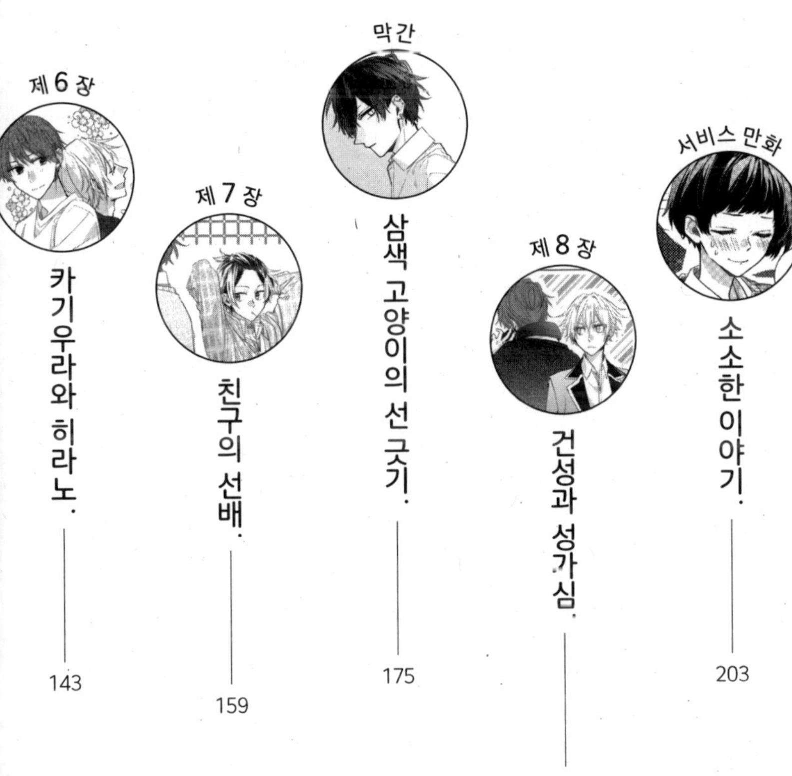

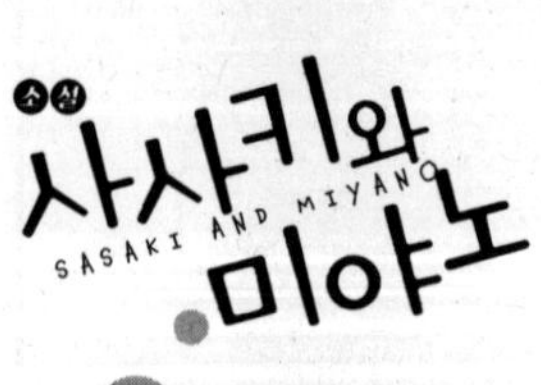
소설
사사키와 미야노
SASAKI AND MIYANO

제1장 쿠레사와와 그녀.

별을 좋아한다. 인생의 어느 지점까지 별 말고 반짝이는 건 존재하지 않는다고 생각했을 정도로 나—쿠레사와 타스쿠는 별에 매료된 삶을 살아왔다. 내 미래는 별을 좇는 길 위에 있을 거란 확신을 품은 채.

곁눈질 한 번 하지 않고 한길만 파는 아들을 걱정하면서도 부모님은 나를 지원해 주셨다. 누구에게도 양보할 수 없는 열정을 갖는 건 훌륭한 일이라며.

하지만 그런 나의 세계에 이변이 찾아왔다.

중학교 3학년 장마가 끝날 무렵, 유일하게 수학여행에 참석하지 못한 동급생 병문안을 가는 자리. 별생각 없이 따라간 그곳에서 별에 뒤지지 않게 반짝이는 존재를 만난 것이다.

“헤헷. 우리, 처음이지? 만나서 반가워, 쿠레사와. 난 후지미 유키라고 해. 같은 반이 된 지 한참 지나서 첫인사를 나누려니 기분이 좀 이상하긴 한데, 여기까지 와줘서 고마워.”

—예쁘다……!!

그 만남은 그야말로 청천벽력과도 같았다.

거기서부터 그녀와 함께하는 새로운 인생이 시작됐다.

***

"신입생, 입장."

열린 체육관 입구에서 마이크 소리가 반향돼 울렸다가 공기 중으로 스스륵 사라졌다.

대기하고 있던 신입생들은 담임 선생님의 지도에 맞춰 앞줄부터 움직이기 시작했다. 보름 전에 있었던 중학교 졸업식과는 또 다른, 어딘가 붕 떠 있는 듯한 들뜬 분위기였다.

약간의 긴장감과 고양감. 새로 맞춘 교복이 빳빳한 감촉. 가슴에 단 붉은 조화. 모든 게 새로웠고, 기분을 들뜨게 했다.

체육관에 들어가기 전 자료를 받기 위해, 그리고 입학식 식순 설명을 듣기 위해 모인 교실에서 나는 그녀에게 사진을 보냈다. 학교 건물에 들어오기 전에 찍은, 설렘이 느껴지는 중앙뜰의 사진이었다. 문득 그 사진에 대한 답장이 떠올랐다.

'정말 남자애들밖에 없구나. 근데 타스쿠 사진도 보고 싶어.'

……어떡하지.

사귀는 사이에서 할 수 있는 당연한 부탁일지도 모르지만, 셀카는 아직 민망하다.

입학식이 끝나면 부모님과 합류해서 기념사진을 찍을 테니까, 그걸 보내면 되려나.

좋아해 줬으면 좋겠다.

중학교 동창인 그녀와 사귀기 시작한 건 불과 지난주부터였다.

졸업식 날에 고백한다는 진부한 행위에 대한 그녀의 반응은, 솔직히 썩 좋지 않았다.

병약해서 입퇴원을 반복하던 그녀는 애초에 학교에 나올 수 있는 날이 드물었다. 같은 반이 된 지 몇 달이 지난 시점에서 내가 아는 거라고는 그녀의 이름뿐이었다. 설령 길을 가다 마주쳤다 해도 알아보지 못했을 것이다. 그 정도로 그녀는 머나먼 존재였다.

수학여행 조 편성에서 우연히 같은 조가 되었지만 담임 선생님은 그녀가 참석하기 어려울 것이라 했고, 우리도 그런 줄 알고 수학여행을 준비했다. 조 모임에서도 기념품으로 뭘 사다 줄지에 대한 얘기를 나눌 때 잠깐 거론됐을 뿐, 그녀의 이름이 언급되는 일은 없었다.

학년 초에 찍은 단체 사진 속에만 존재하는 그녀는 그 누구와도 큰 접점이 없어 보였고, 공중에 붕 뜬 존재처럼 느껴졌다.

입원 중인 그녀에게 다 같이 가서 기념품을 전해주고 오자고 제안한 게 누구였는지, 전혀 기억나지 않는다. 그인지 그녀인지 모를 그 조원의 제안이 운명의 분기점이 되었다.

조원 한 명 한 명에게 기꺼이 감사 인사를 건네던 그녀는 내 이름도 기억하고 있었다.

"문병 와줘서 고마워."

그렇게 말하며 그녀는 내 이름을 확인하듯이 불러주었다. 만나서 반갑다는 인사와 함께.

수줍음이 섞인 그 울림에 귀가 간지러워졌다.

나를 제외한 다른 조원들은 한두 번은 그녀와 말을 섞은 적이 있는 듯했다. 그래서 오직 처음 불리는 내 이름만이, 익숙하지 않은 발음에 도전하는 듯한 울림이 되어 내 귀에 남았다.

"쿠레사와도 수학여행 재밌게 잘 다녀왔어?"

"아, 뭐… 그럭저럭."

"그럭저럭이라니! 모이라고 부르는데도 플라네타륨에서 안 나온 게 누군데!"

그녀를 홀린 듯이 바라보던 나에게 친구가 면박을 주었다.

"플라네타륨 좋아해?"

"응."

그녀가 말을 걸어줬는데도, 나는 대화를 이어가지 못했다.

평소 다른 친구들이랑은 훨씬 자연스럽게 대화를 이어갈 수 있는데.

내가 머뭇거리는 사이, 화제는 다른 이야기로 넘어갔다. 휴대폰 사진첩을 넘겨가며 이어지는 대화는, 그녀가 학교에 자주 나오지 못하는 걸 느껴지게 할 만큼 어딘가 어색했다. 그럼에도 그녀는 거기 있는 모두와 대화를 나누려 노력했다. 서툴게 답변하는 나와도.

결과적으로 나는, '병약한 소녀라는 이미지'를 뒤집는 그녀의 미소에 완전히 매료되었다.

대답할 때마다 부드럽게 흔들리는, 우주처럼 깊고 아름다운 흑발. 장마가 끝난 뒤 맑게 갠 하늘에서 쏟아지는 햇살에 비친 미소는 황소자리에서 가장 빛나는 일등성, 알데바란처럼 빛이 났다.

맑은 밤하늘을 닮은 눈동자 속에 반짝이는 시선에, 나는 완전히 함몰됐다.

씩씩하고, 밝고, 무엇보다 사랑스럽다.

그날 이후로 머릿속에는 온통 그녀뿐이었다.

별을 생각하고 있어도, 저도 모르게 생각이 그녀를 향했다. 그 반복이었다.

계절이 지나고, 별하늘을 관측할 수 있는 밤이 길어질수록 그녀에 대한 마음도 깊어졌다.

겨울에는 알데바란이 잘 보이기에, 매일 밤하늘을 올려다보며 그녀의 미소를 반추했다.

하지만 그런 내 마음과 달리, 그녀는 반 친구들과 병문안을 가기 시작한 나를 부담스러워하는 것 같았다. 애초에 나눌 수 있는 공통된 화제가 거의 없다.

다른 친구들과 나누는 대화를 통해 만화와 드라마를 좋아하는 건 알아냈는데, 평소 만화도 안 보고 드라마도 안 보는 나는 대화에 낄 수가 없었다. 내가 좋아하는 거라면 빠삭했지만, 일방적인 얘기가 될 것 같았다. 그래도 잘 알지도 못하면서 적당히 대꾸하는 것보다 나을 것 같다는 생각에, 그냥 별 얘기를 했다.

다른 친구들과 함께 있었기에 대화의 중심에 설 수는 없어, 조금씩 지식을 전달하는 수준으로 대화를 했다. 예를 들면, 그녀의 별자리나 나의 별자리에 대해서. 혹은 병실 창문 너머로 볼 수 있을 법한 별에 대해서.

대화를 거듭할수록 그녀의 표정은 부드러워졌고, 친구들과 대화할 때 내 존재를 신경 쓰느라 분위기가 어색해지는 일은 확연히 줄어들었다.

좋아하는 이야기를 할 때의 그녀는 생기가 가득하고 기운이 넘쳐, 입원 중이라는 사실을 잊을 뻔하게 했다.

하지만 가야 할 시간이라며 그녀의 친구가 작별 인사를 할 때면 현실을 직면할 수밖에 없었다.

"벌써 시간이 그렇게 됐구나."

이게 면회가 아니라 하굣길의 기나긴 수다 끝에 나누는 인사라면, 지금의 아쉬워하는 씁쓸한 모습과는 달랐을 것이다. 집에 연락해서 조금 늦게 귀가할 수도 있을 것이고, 내일 학교에서 보자며 웃을 수도 있었을 텐데.

하지만 현실 속 그녀는 입원 중이고, 즐거운 시간은 한계가 있었다.

아직 의무교육을 받는 나이이긴 하지만, 자유롭게 놀 수 없는 그녀의 환경적 제약의 무게를 생각하면 가만히 있을 수 없었다.

—더 웃게 해주고 싶어.

나 같은 사람이 신경 쓰지 않아도 자립적이며 단단한 심지를 지닌 그녀이기에 더욱 그녀를 기쁘게 해주고 싶다.

그래서 일단 좋아하는 걸 선물하기로 했다. 바로 만화다. 친구들과 나누는 대화를 통해 그녀의 취향은 대충 파악했다. 만화 정도면 문병 선물로 거창하지 않고, 용돈으로 구입할 수 있다.

만약 잘못 짚었다면, 그때 취향을 알려달라고 하면 된다.

고민에 고민 끝에 도달한 한 권의 만화책을 들고, 처음으로 혼자 병실을 찾았다.

"어? 오늘은 혼자 왔어?"

고개를 갸웃하는 그녀에게 고개를 끄덕여 보이며

"이런 거 좋아해?"

하고 갓 발매된 신간 만화를 내밀었을 때,

"초능력자야?!"

라고 하며 놀라 두 손으로 입을 가리는 그녀의 반응이 너무나 사랑스러워서 나도 모르게 앓는 소리가 새어 나왔다.

왜 입을 가리냐고, 그녀의 사랑스러움을 곱씹으며 슬쩍 놀리듯이 말을 던지자, "내가 얘기한 적 있었나 싶어서 그만."이라며 쑥스러운 듯 짓는 미소가 또 사랑스럽다.

그 미소가 친구들과 있을 때처럼 편안해 보였다. 나랑 둘이 있는데도. 그래서 나도 모르게 웃고 말았다.

"쿠레사와도 좋아해?"

“그런 건 아닌데, 좋아할 것 같아서.”

“그렇구나, 아쉽다. 그래도 기뻐. 쿠레사와도 읽을래?”

“응. 어떤 게 좋은지 알려줘.”

그녀의 눈동자가 순간 반짝인다.

아아— 좋다, 라고 생각했다.

이런 얼굴이 보고 싶었다.

가슴속에서 기쁨이 번지는 가운데, 그녀가 알려주는 만화의 매력에 귀를 기울였다.

남자들의 우정? ……사랑? 내용은 잘 이해할 수 없었다.

“이 부분이 특히 좋거든.” 하며 말을 이어가는 그녀가 너무나 귀여웠다.

그날 밤은 구름 한 점 없었고, 밤하늘이 한층 아름다워 보였다.

겨울에는 감염 우려가 있어 조금 친해졌다고 자주 찾아갈 수는 없었지만, 매번 들고 가는 선물을 그녀는 진심으로 좋아해줬다.

그녀가 먼저 “별 얘기를 들려줄래?”라고 말해준 날은, 면회 시간이 다 끝나도록 얘기하는 데 빠져서 귀가 후에 부모님께

호되게 혼이 났다.

"문병을 와준 사람한테, 싫다고 그만 가라고 할 수는 없는 법이잖니."라는 부모님 말씀을 가슴에 새겼다.

다만—아무리 화제가 늘었다고 해도, 그녀에게 나는 가끔 문병을 와주는 반 친구 중 한 명에 불과했다. 내가 잘 몰랐을 뿐, 그녀에게는 더 친한 친구가 여럿 있었다.

병약하다는 정보 하나만 가지고 내 멋대로 이미지를 그려왔던 게 부끄러웠다.

그러는 사이, 입시 준비로 정신없이 지내는 동안 그녀가 퇴원했다는 소식을 전해 들었다. 그녀의 집이 어디인지조차 나는 모른다. 내 위치는 그 정도였다. 여전히 멀었다.

그걸 알면서, 고백했다.

좋아한다고, 사귀고 싶다고.

"……왜 하필 오늘이야? 차여도 뒤탈이 없을 것 같아서?"

볼이 빨갰다.

복사냉각의 영향으로 차가워진 공기는 그녀에게 독이 될 것이다. 그녀의 안색이 내 고백 때문이 아님을 나는 빠저리게 느꼈다.

그녀의 눈에는 기쁨도 수줍음도 아닌 의혹의 눈빛이 깃들어 있었으므로.

"그건…… 네가 졸업식 날밖에 안 나오니까, 고백할 타이밍이 없었어. 집 주소도 모르고, 휴대폰 번호도 모르고. 퇴원했다는 소식은 들었지만, 학교에는 나오지 않았잖아. 그리고 지금도 열 나는 거 아냐?"

"응. 조금. ……아, 그렇구나. 그랬겠네."

깔깔 웃는 그녀의 반응으로 봤을 때, 예상은 했지만 가망이 없어 보였다.

동급생들이 각자 기념사진을 찍으며 떠드는 가운데 복도 끝에서 남녀가 마주하고 선 모습이 눈에 띄는지, 아까 전부터 꽂히는 시선에 피부가 찢길 것만 같다.

졸업증서가 든 통을 쥔 손가락이 가늘었다. 손톱 모양이 굉장히 예뻤다. 온갖 생각을 하며 나는 심호흡을 했다. 이대로 가다가는 정말 미련 없이 차일 것만 같았다.

"지금 당장 대답하기 어렵다는 건 알아. 나에 대해 잘 모를 테고, 그냥 놀라게만 한 것도 같고. 그래도 기회를 줄 순 없을까?"

"기회?"

고개를 갸웃하는 그 동작이 너무나 사랑스러워서 초조함이 앞섰다. 여기서 물러서면 금세 다른 누군가에게 뺏길 것만 같다.

“계속 만나고 싶어. 문병 가도 돼?”

“나 퇴원했는걸.”

“그러니까 안 아플 때도 만나고 싶다고!”

필사적인 내 모습에 그녀는 또 웃음을 터뜨리고, 약간 부끄러운 듯이 휴대폰 번호를 알려주었다.

“널 좋아해.”

내가 다시 고백하자, 그녀는 고개를 숙여 버렸다. 긴 머리카락이 볼을 살짝 스치는 모습도 사랑스럽다. 사람들 시선이 더는 신경 쓰이지 않았다.

“응, 응. 이제 알아들었어!”

“나, 사귀게 되면 매일 좋아한다고 말할 거야.”

“무서워.”

“진심이야.”

알았다고—, 하며 장난스럽게 흘려넘기는 그녀를 보건실까지 바래다주고, 나는 아쉬움을 안은 채 교실로 돌아왔다. 그녀는 가족들 손에 이끌려 병원으로 향했고, 검사 결과 다시 입원하

게 되어서 나는 그다음 날부터 일주일에 몇 번씩 병실을 찾았다.

고백에 대한 답을 들은 건 3월의 끝자락, 그녀가 퇴원하던 날이었다.

***

그녀의 입원 기간은 짧으면 일주일 남짓이지만, 대부분은 한 달 가까이 이어진다고 한다.

겉으로는 건강해 보여도, 한번 몸이 나빠지면 오래가고 회복이 더디다고 했다. 입원 원인은 주로 호흡기 질환이지만, 나타나는 증상이 다양해서 병명을 특정할 수 없다고 한다.

나는 처음 알았지만 병명을 특정하지 못하는 경우는 그리 드문 일이 아니라니 "그냥 감기만 안 걸리면 돼."라는 그녀의 경험치를 믿고, 나는 그녀에게 감기를 옮길 일이 없도록 감기 예방에 온 힘을 쏟았다.

컨디션에 따라 통학이 가능하기에, 그녀는 통신제 고등학교에 진학했다. 교실 수업에 참석하면서 중학교 때보다 체력이 붙었고, 병세도 호전되는 듯했다.

하지만 현실은 그렇게 쉽지 않아, 초여름이 되자 다시 입원을 했다.

골든 위크가 끝나는 5월 중순은 중간고사다.

만날 수 없는 기간에는 문자를 빈번하게 주고받았기 때문에, 그녀는 내 스케줄에 빠삭했다. '문병 갈게'라고 문자를 보내면 '타스쿠는 시험공부에 집중해야지'라는 답장이 왔고, 그러면 나는 그녀 말을 따르는 수밖에 없었다.

대신 밤에 짧게라도 통화를 하기로 약속했다.

베란다로 나가서 그녀의 병실에서 보는 것과 같은 방향의 하늘을 보며, 속삭임에 가까운 작은 목소리로 통화를 했다.

"보여? 여름의 대삼각형."

그녀는 좋아하는 작품에 등장하는 백조자리가 어디 있는지 알고 싶어 했다. 전화 너머로 끙끙대며 눈을 가늘게 뜨며 찾고 있겠지.

"별은 많이 보이는데…… 뭐가 뭔지 모르겠어."

"옆에 있으면 가르쳐줄 수 있는데."

그녀가 지금 어떤 별을 보고 있는지, 대화만으로는 짐작하기 어려웠다.

"있지, 어제도 찾아봤거든. 근데 모르겠어서, 사진을 찍어 보내면 알려주기 쉽지 않을까 했는데……."

"응."

"하나도 안 찍혀!"

좀처럼 듣기 힘든 분해하는 어조다.

"그럴 거야. 스마트폰으로는 어쩔 수 없어. 나도 못 찍어."

헤헤, 하며 가볍게 웃는 소리가 휴대폰을 타고 고막을 간질였다. 달콤하고도 아릿한 감각에, 저도 모르게 따라 웃었다.

직접 만날 수는 없어도 이렇게 함께 시간을 보낼 수 있다는 것만으로 마음이 좋아진다. 사실은 꼭 안아주고 싶지만 그러지 않아도 충분히 벅찼고, 그 전보다도 어제보다도 그녀가 더 좋았다.

그런데 가슴을 가득 채우는 이 마음을 '좋아한다'는 목소리로 표현하려는 순간, 휴대폰 너머로 그녀의 기침 소리가 들렸다.

"괜찮아? 몸 상하지 않게 조심해. 창문 닫고, 너무 얇게 입지 말고."

"걱정이 많아서 탈이야."

"어떻게 걱정을 안 해. 남친인데."

여친이 있다는 얘기를 반 친구들에게 한 적은 있어도, 정작 본인에게 말한 적은 거의 없다. 그건 좋아한다고 말하는 것과 또 달라서…… 조금 민망하다. 내 목소리는 어느새 긴장에 잠겼고, 그녀 또한 쑥스러운 듯 웃음과 맞장구 사이 어딘가에 있는 목소리로 대답했다.

"……응."

휴대폰 너머로 고개를 끄덕이는 모습이 보이는 듯했다.

"이번에 퇴원하면 같이 플라네타륨에 가자. 내가 알려줄게."

"응. 기대하고 있을게. 시험공부 잘하고."

그러기를 일주일에 두 번.

한정된 시간을 함께할 때마다 그녀에게 힘을 얻었고, 그녀에게 부끄럽지 않도록 시험공부에 집중했다. 나로서는 드물게 문자 보내는 빈도를 줄이고, 입시 공부 이후 처음으로 진심을 다해 몰두했다. 그녀를 만날 날을 고대하며.

—그랬는데.

시험 마지막 날 오후, 오랜만에 찾아가서 만난 그녀의 머리카락은 놀라울 만큼 짧아져 있었다.

길고 아름다웠던 그녀의 머리카락이 귀가 훤히 드러날 정도로.

"……."

미닫이문을 연 순간, 난 굳어 버렸다.

뉴스에서 본 적이 있다. 병 때문에 머리카락이 빠지는 경우가 있다는 것, 혹은 수술을 앞두고 방해가 되지 않도록 머리카락을 자르는 일이 있다는 것도. 병명을 특정할 수 없는 그녀의 질환. 그게 만약 만나지 못하는 사이에 판명된 것이라면.

심장이 거세게 요동쳤고, 등줄기를 따라 식은땀이 흘러내리는 느낌이 났다.

머리끝에서부터 무언가가 빠져나가는 듯한 불안감에 몸을 잠식당한 채, 나는 살며시 문을 닫고 조심스럽게 입을 뗐다.

"저기…… 뭐 하나 물어봐도 돼?"

"응? 뭔데? 일단 앉아. 가방도 내려놓고. 무겁잖아."

"머리는 왜?"

"잘랐어. 여기 1층에 미용실이 있거든."

밝고 가벼운 그녀의 대답에 나도 모르게 넘길 뻔했다. 하지만 방심은 금물이다.

"……그냥 자른 거야? 다른 이유가 있는 건 아니고?"

"이미지 변신. 왜, 놀랐어?"

그녀의 말에도 표정에도 무언가 숨기는 기색은 없어 보였다. 안도의 한숨이 새어 나올 것 같은 걸 참고, 나는 활짝 열린 창문 밖을 보았다. 보는 척하며 좀처럼 가라앉지 않는 마음의 동요를 억눌렀다.

"그러지 마."

"머리 짧은 거 싫어?"

이런 식으로 묻는 건 드문 일이다.

내 반응이 좋지 않았던 게 심히 마음에 걸린 모양이었다. 왜냐면 색이 있는 립밤을 바른 것만으로 '예쁘다'를 연발했다가 그녀가 "그만해!"라고 웃으며 제지한 적이 있을 정도였으니까. 사실 나로서는 그 정도로 부족했지만.

"……살아있다면 빡빡 밀어도 좋아. 예뻐."

문을 열고 보자마자 어울린다고 할 걸 그랬다. 머리가 길었을 때보다 사랑스러운 윤곽이 도드라져서, 실제로 굉장히 잘 어울렸다.

"헤헷, 헤헤헤헤헷……."

"뭐야, 그 웃음은……."

정말로 수줍어하는 반응에 나도 덩달아 민망해지고 말았다. 너무 예뻐서 눈을 마주치는 것마저 민망했다.

—아아, 다행이다. 정말 아무 일도 없었던 거야.

마음속으로 중얼거리고 나서야 안도감이 몸을 감쌌다.

긴장이 풀린 나는, 그제야 방문객용 의자에 앉아 입을 열었다.

"있잖아. 나 사실은 8월에 별검을 받을까 해."

"별검?"

별검—정식 명칭은 별하늘우주천문검정(星空宇宙天文検定). 민간에서 시행하는 자격시험이다. 1년에 두 번, 3월과 8월에 볼 수 있으며, 천문과 우주 전반을 대상으로 한다.

3월은 입시 일정 때문에 포기했지만, 8월은 딱 여름방학 기간이라 응시해 보고 싶었다.

난 별과 우주에 관심이 깊다. 고등학교 역시 대학 진학과 진로를 염두에 두고, 천문부가 있는 학교를 선택했다.

흥미의 시작은 아주 어린 시절로 거슬러 올라간다.

부모님과 함께 이와테로 여행을 갔을 때, '미야자와 겐지 동화마을'에 들렀다. 겐지의 동화를 모티브로 삼아 구역별로 구현시킨 그 시설은, 어린아이에게 굉장히 매력적인 공간이었다.

그중에서도 내 마음을 사로잡은 건, 별을 테마로 한 코너였다. 당시, 밤에 돌아다니기에 너무 어렸던 나에게 그곳은 처음 접한 신비라고 부를 만한 세계였다.

아마도 그곳은 어두워진 뒤에도 밖을 돌아다닐 수 있는 나이에 접했더라면 제대로 체험할 수 없는 공간이었으리라. 그림책을 통해 달님과 별님을 접한 적은 있지만, 그림책 속 달과 별은 얼굴이 그려져 있고, 밤하늘에 빛나는 진짜와는 다르다.

그래서 별에 관심을 갖게 되었고, 〈은하철도의 밤〉 영상을 본 뒤로는 그 열정이 더욱 뜨거워졌다. 장래에 별과 관련된 일을 하고 싶다고 생각하게 된 건, 내게는 너무나 자연스러운 일이었다.

별검 자체는 자격증이라기보다 취미의 범주에 가깝기 때문에 실용성은 그다지 없겠지만, 대학교에 들어가기 전에 배울 기회는 하나라도 많은 편이 좋다. 실력을 검증할 기회이기도 했다.

그래서 8월에 있을 시험을 위해, 6월과 7월은 되도록 공부에 집중하고 싶었다.

물론 기말고사 준비도 병행해야 한다. 천문부 활동은 일주일에 한 번뿐이지만, 하고 싶은 일은 산더미처럼 있었다.

그 결과, 문병을 자주 못 오게 되는 점이 걸려서 얘기를 꺼낸 건데, 그녀는 너무나 깔끔하게 "그럼 타스쿠, 당분간은 자주 오지 말고 공부 열심히 해."라고 말해주었다.

***

만나는 빈도가 줄었다고 해도 6월 중순까지는 여유가 있어서, 일주일에 한두 번은 병문안을 갈 수 있었다. 하지만 6월 말이 가까워지면, 곧 기말고사가 다가오기에 그럴 여유가 없어진다.

그 무렵 그녀 쪽에서도 '오늘은 친척이 오기로 했다' 또는 '학교 과제가 밀려있다'는 등의 이유로 문병을 거절하는 문자가 자주 왔다.

병실은 입원 환자의 거주 공간이기도 하기 때문에, 원치 않더라도 누가 찾아간다면 응대할 수밖에 없는 성질을 지닌다.

이유를 들어 오지 말라고 했는데 찾아가서 그녀를 곤란하게 하는 건 좋지 않을 것 같아, 나는 보고 싶은 마음을 꾹 참은 채 문자만 보내고 시험공부에 열중했다. 그러고 나서 그녀에게서 답장이 평소보다 늦기에 많이 바쁜가 보다, 하고 생각했다.

그리고 기말고사 마지막 날인 오늘, 약 2주 만에 병원을 찾은 나는 입원 병동 복도에서 그녀의 어머니와 마주쳤다.

"……안녕하세요."

나는 가볍게 고개를 숙여 인사를 드렸다.

그녀를 만나러 오면서 몇 번 얼굴을 뵈었지만, 그건 전부 그녀와 함께 있을 때였다. 이렇게 복도에서 마주하고 있자니, 저절로 긴장되었다. 그럴 수밖에 없는 게 여친의 어머니니까.

그녀를 닮은 이목구비지만 걱정될 정도로 야위지는 않은 체구. 가끔 이 사람 너머로 완쾌한 그녀의 모습이 겹쳐 보일 때가 있다.

"쿠레사와 왔구나."

"네. 안녕하셨어요? 요즘 자주 오지 못해 죄송해요."

어머니를 따라 복도 끝에 있는 라운지로 향했다. 카펫이 깔린 라운지에는 소파와 자판기, 작은 책장이 마련돼 있었다.

창밖으로는 작은 녹지 공간이 펼쳐져 있었고, 소아과 병동 아이를 위한 것인지 아기자기한 장난감들이 놓인 코너도 있다.

"괜찮아. 많이 바쁠 텐데."

"아니에요. 유키도 바쁘다고 들었어요. 과제가 많다고 들었는데, 잘하고 있는지 모르겠네요."

"그래, ……아마도. 미안, 내가 잘 몰라서."

그 대답에 위화감을 느꼈다. 뭐지?

세탁물을 가지러 적어도 이틀에 한 번은 부모님이 오신다고 들었다. 그녀는 통신제 고등학교에 다니니, 과제를 제출하려면 부모님의 도움을 받아야 한다. 그런데 잘 모른다니 너무나 부자연스럽지 않나.

“모르신다니, 그게 무슨 말씀이세요? 그러고 보니 지난주에 유키가 친척이 병문안을 오기로 했다고 하던데, 제가 알기로는 친척분들이 모두 멀리 계시다고 들었거든요. 겸사겸사 들르신 걸까요?”

목소리가 저절로 커졌다. 방금 나는, 놓쳐서는 안 될 무언가를 들었다.

어른에게 보일 태도가 아님을 알면서도, 나는 온화함과는 거리가 먼 감정으로 가슴이 타오르고 있었다.

“……미안해. 지난주에 보낸 문자는 딸이 아니라 내가 보낸 거야.”

불편한 기색으로 사실을 토로하는 어머니를 보며 나는 할 말을 잃었다.

“……그러셨군요.”

아무 말도 할 수 없었다.

“유키가 감기에 걸렸는데, 큰 문제는 없었지만 열이 좀처럼 떨어지지 않았어. 쿠레사와는 본인의 꿈을 위해 공부에 매진하고 있잖아? 괜한 걱정을 끼쳐 방해하면 안 되겠다 싶어서, 유키랑 그러기로 했어."

나를 배려하는 듯한 말이 도리어 내 가슴을 깊숙이 찔렀다.

결국 나는 외부인이다.

그럴듯한 이유로 나와 거리를 둔 것이다. 그녀가 아플 때 곁에 있으며 지탱해 주고 싶은데, 아픈 것조차 모르고 있었다니.

눈앞이 캄캄해지고 몸이 부르르 떨리는 것을 느끼며, 나는 낮은 목소리로 말했다.

"—그러다 유키가 죽었더라면, 평생 당신들을 용서하지 않았을 겁니다."

큰소리는 내지 않았지만, 나는 분명히 전달했다. 그러나 그녀의 어머니가 어떤 표정을 지었는지는 확인하지 못했다.

"타스쿠!"

모습을 인식하기도 전에 그녀—유키의 목소리가 귀를 파고들었다.

환자복에 얇은 카디건을 걸친 그녀는, 눈을 크게 뜨고 나를 바라보고 있었다.

꼿꼿이 서 있는 그 모습에서 위태로운 병색은 전혀 찾아볼 수 없다.

"—어? 열이 있다고 들었는데."

당황하는 나를 보며, 그녀는 혼란스럽다는 듯이 어머니와 나를 번갈아 바라보았다.

"그건 지난주. 지금은 괜찮아. 그보다 타스쿠, 방금……."

조심스러운 목소리였다.

—알고 있었구나. 나랑 거리를 두게 했던 걸.

순간적으로 그 사실을 깨닫고 나는 아연했다.

당연한가. 주고받은 문자만 봐도 금세 알 수 있는 일이었고, 곰곰이 생각해 보면 그녀도 문병 횟수를 줄이는 데 찬성한 바 있었다.

만약 정말로 본인 모르게 거짓말을 한 것이었다면, 일상적인 문자를 주고받을 때 부모님이 멋대로 보낸 거라고 얘기해줬을 것이다.

"들었어? 그럼, 내가 뭐라고 하고 싶은지 알겠지?"

"……걱정시키고 싶지 않았어. 그냥 감기에 걸린 것뿐이었으니까."

역시나 싶어 나는 낙담했다.

부모님께 항의한다고 해도, 그녀의 생각이 이렇다면 아무런 의미가 없다. 내 마음을 모르는 것이다. 무슨 일이 생겼을 때, 또 나만 모르게 되겠지.

"……얘기 좀 하자. 병실에 가도 돼? 아니면 어디 가야 해?"

"그건 아니야. 엄마가 안 와서 보러 나온 것뿐……."

슬쩍 어머니를 보자, "둘이 천천히 얘기 나누렴." 하며 동의하셨다. 그 순간 뺨이 달아오르는 게 느껴졌다. 부모님이 우리를 떼어놓으려 했다고 생각했던 게 오해라는 걸 그제야 실감할 수 있었기 때문이다.

엇갈려 있는 건, 나와 그녀였다.

사귀고 있지만, 같은 마음이 아니었다.

"……가자."

간신히 낸 목소리는, 내 생각보다 훨씬 낮게 울렸다.

눈앞에 놓인 현실은 무거웠고, 난 쓰디쓴 침을 삼켰다.

"……전에도 얘기했지만, 무슨 자격시험 같은 게 아니야. 그냥 실력을 테스트해 보고 싶었던 것뿐이라고. 시험공부에만 매달려야 할 정도의 일이 아니었어."

머쓱하게 침대 위에 걸터앉는 그녀를 곁눈으로 보며, 나는 병실 구석에 있는 작은 소파에 앉았다.

평소에 그녀의 어머니가 자주 앉는 자리다.

지금 정면에서 얼굴을 마주하면 화를 낼 것만 같아서, 일부러 몸을 틀었다.

"그렇지만 기말고사도 있었잖아."

"배운 범위에서만 나오고, 그 정도 공부는 평소에도 하고 있으니까 벼락치기 같은 건 하지도 않고, 일주일에 한 번 병문안 한다고 영향을 받진 않아."

"그렇지만…… 나도 그냥 감기에 걸렸을 뿐이야."

"며칠이나 열이 안 내렸다며? 심해졌으면 어쩔 뻔했어."

구토와 발진에 고생하는 그녀의 모습을 떠올리니, 가슴이 무거워졌다.

오래 사귀지는 않았지만, 컨디션이 안 좋을 때 그녀가 얼마나 힘들어하는지 볼 기회는 여러 번 있었다.

그녀가 견디다 못해 간호사 호출 버튼을 누를 때면 무력감에 사로잡혀 아무것도 할 수 없었다.

"그래도 고작 감기였어. 안 죽어."

드물게 어조를 높인 그녀가 조금 전의 내 폭언을 힐난하고 있다는 게 느껴졌다. 분노에 휩쓸려 그녀의 어머니를 폄하하는 것과 다름없는 태도를 보인 죄책감에 나는 속이 타들어 갔다.

"어머니께는…… 미안해. 무례한 소리를 했어. 근데 내 걱정도 이해해 줘. 넌 자주 입원하잖아. 괜찮다고는 하지만 금방 퇴원하지 못하고. 감기에도 사람은 죽을 수 있어. 너무 가볍게 생각하는 거 아니야?"

"안 죽어."

곤혹스러워하면서도 그녀의 반응은 한없이 가벼웠다.

내가 과민반응을 보인 걸까. 아니면 아픈 데 익숙해져서 감각이 무뎌진 건 아닐까?

"……예전에 같은 반 친구였을 때는 잘 몰랐는데, 난 유키보다 몸이 약한 사람을 본 적이 없어. 입원했다는 소식을 들을 때마다 너를 잃을까 봐 굉장히 두려워. 몸 상태가 안 좋아졌는데도 괜찮다고만 하면 도리어 더……."

그녀는 괜찮은데, 라고 예상했던 말을 했다.

평행선이다.

잠깐의 침묵을 깨고, 그녀가 천천히 입을 열었다.

"……난 타스쿠가 별을 좋아하는 거, 멋지다고 생각해. 중학교 때 문병 와서 별 얘기를 해주는 것도 좋았어. 취미가 다른 사람들은 매번 몸 상태만 물어보거든. 좋아졌냐고 물어봤을 때, 그냥 여전하다고 대답할 수는 없잖아. 그게 나쁜 건 아닌데 좋은 대답을 못 들려주면 괜히 미안해져."

"……그랬구나."

"응. 그래서 자기가 좋아하는 걸 얘기해주는 타스쿠랑 더 친해지고 싶다고 생각했어. 아주 가끔이지만, 밤에 커튼을 젖히고 자기도 하거든. 중학교 때부터. ……간호사 선생님이 순찰을 돌다가 닫아버릴 때도 있지만, 타스쿠가 얘기해준 덕분에 예전보다 밤이 즐거워졌어."

"……응."

휴대폰 너머로 별자리를 찾고 싶어 했던, 5월 밤이 떠올랐다.

그날 밤뿐 아니라 훨씬 전부터 우리는 같은 밤하늘을 올려다보고 있었던 것이다.

"그리고 자격시험이 아니라지만, 같이 있을 때도 공부하고 그러잖아. 열심히 하는 거 아는데 별거 아닌 것처럼 얘기하지 말아줘……."

입술을 내미는 그녀의 턱선은 가슴 아플 만큼 야위어 있었다. 그렇기에 나는 그녀의 말을 곧이곧대로 들어 넘길 수 없다.

"그럼 적어도 열이 났으면 났다고, 감기에 걸렸으면 걸렸다고 나한테 얘기해줘. 숨겼을까 봐 집중해서 공부도 못 하겠고, 나만 모르는 건 날 믿지 못해서인 것 같다는 생각이 들어. 물론 난 가족이 아니라 남이고, 모든 걸 얘기해줄 수는 없겠지만."

그녀가 확 고개를 들었다.

"타스쿠……."

그녀의 표정을 보고 싶지 않다.

나는 고개를 숙인 채 가방을 들고 자리에서 일어섰다.

"그럼, 나 갈게."

병실을 나서자, 문 앞에서 기다리고 있던 그녀의 어머니에게 "무례하게 굴어 죄송합니다."라고 고개 숙여 사과드린 뒤, 잰걸음으로 병원을 뒤로 했다.

사귀고 나서 처음 그녀와 다툰 날이었다.

***

다음 날.

감정을 가라앉히지 못한 채 등교했다.

어젯밤 그녀에게서 다시 한번 제대로 얘기하고 싶다는 연락이 와서 오늘도 병원에 가기로 약속했지만, 속이 틀려있는 상태였기에 선뜻 내키지 않았다.

기말고사 채점지가 하나둘 나오기 시작했지만, 채점 결과가 좋아도 기분이 나아지지 않았다. 이 점수가 꼭, 그녀가 날 멀리해서 얻은 결과 같았다.

종례가 끝나고 학급일지 제출까지 마쳤으니 얼른 하교하고 싶었지만, 당번이라 심부름을 맡게 되는 바람에 학교에 남아있었다.

—그걸 핑계로 면회 시간에 못 맞출 것 같아 못 간다고 연락해도 되지 않을까.

거기까지 생각하다가 한숨을 쉬었다.

당번을 같이 맡은 건 별로 대화를 나눠본 적이 없는 미야노였기에, 서먹한 분위기 속에서 회수한 윤리 과제물을 제출하러 사회과 준비실에 갔다.

누가 미야노 보고 여자 같다는 주장을 하던데, 가까이서 얼굴을 봐도 별로 그렇지는 않았다. 눈이 크고 인상이 부드럽긴 하지만, 미야노는 그냥 남자였다.

그런 생각을 하고 있는데, 갑자기 다른 선생님이 말을 걸었다.

"거기, 미야노 맞지? 너 선도부 소속이지?"

불려 간 미야노가 옆 교실로 들어가는 걸 보고, 나는 가볍게 인사를 하고 복도로 나왔다.

선도부 일이면 난 먼저 가도 괜찮은 거 아닐까.

그런 생각을 하면서도 기다리고 있는데, 계단 근처에서 애들이 떠드는 소리가 들려왔다.

"통금이 18시래. 중학생도 아니고, 어디 부잣집 아가씨냐고. 19시에 저녁을 먹어야 해서 그렇다는데, 내가 저녁 한 끼보다 못하다는 거야 뭐야."

"진짜 부잣집 딸 아냐?"

본인의 여친 뒷담을 하고 있는 듯했다.

"아니, 완전 평범한 집이야. 근데 주말에도 일찍 집에 들어가."

어떻게 그런 이유로 비난할 수 있을까 싶어 화가 났다.

뭐라는 거야, 만났으면 됐잖아. 그냥 얼굴을 볼 수 있으면 된 거 아냐.

"통금이 18시면 17시에는 헤어져야겠네."

"그렇다니까. 완전 나만 손해야! 고백은 자기가 해놓고."

집까지 바래다주면 될 거 아냐.

"둘이 같은 중학교였지? 싸우면 귀찮아지겠다."

불량한 놈들이 툭툭 던지는 소리가 다 거슬렸다.

사귀면서 소중히 여기지 않으니 저딴 뒷담을 깔 수 있는 거겠지. 그녀한테 무슨 잘못이 있나 싶어 화가 치밀었다.

문이 있다면, 쾅 하고 열어젖혀 화풀이를 하고 싶을 정도다.

—그렇게 생각했는데, 충동에 지고 말았다. 복도를 쿵쾅거리며 걸어가 층계참을 노려보며 소리를 질렀다.

"시끄러! 남 욕할 만큼 네가 뭐 한 게 있냐?"

순간 시선이 집중됐다.

역광이었지만 그 일련의 무리가 험악한 표정으로 나를 내려다보고 있다는 게 피부로 느껴졌다.

"뭐라고……?"

사람이 폭발하기 직전의 날카로운 분위기가 온몸을 감쌌다.

—위험하다.

"아……."

새어 나오는 숨에 목이 메었다.

본능적으로 도망쳐야 한다고 판단하고, 급하게 창문을 넘어 뛰쳐나갔다. 달리기에 자신이 없으니 숨으려고 생각한 건데, 학교 건물 밖으로 나간 순간 악수(惡手)였음을 깨달았다.

가방을 교실에 두고 왔으니 결국 가지러 가야 한다. 게다가 미야노를 두고 왔나. 젠장. 미야노가 한 짓이라고 오해받지는 않겠지만, 휘말리게 할 수는 있다.

그냥 사회과 교실로 돌아가서 도움을 청하는 게 정답이 아니었을까—?

어쨌건 지금은 도망치는 수밖에 없다.

학교 건물을 돌아서 다른 출입구로 들어가 교실로 돌아가야 한다. 그리고 가방을 들고 안전한 경로를 찾아 신발장을 노려야 한다.

그게 되겠냐 싶어서 초조해하며 달리던 도중, 미야노의 목소리가 들린 것 같았다. 착각일지도 모르지만, 맹수에 쫓기는 사냥감 같은 양상에 놓인 나의 청각은 이상할 정도로 예리해져 있었다.

곧바로 학교 건물 밖으로 나간다는 판단이 먹혔는지, 고래고래 소리를 지르며 복도를 지나가는 불량배들을 보고 나는 가슴을 쓸어내렸다.

—내가 지금 뭘 하고 있는 거지.

조금 전 그건 화풀이였다.

소중한 그녀와 싸웠고, 그 원인은 결국 '상대가 나를 너무 우선시하지 않기를 바라는 마음'에서 온 엇갈림이었다. 별검 시험공부는 어디까지나 취미일 뿐이다. 지금 나한테는 그녀가 더 소중한데, 그녀는 본인에게는 익숙한 컨디션 악화를 알림으로써 내가 걱정하는 걸 원치 않는다.

—서로에 대한 불만 때문이 아냐.

오히려 소중하기 때문에 부딪쳤다.

멀리하려는 마음은 서운하지만, 그렇다고 그녀가 싫어지지는 않는다. 오히려 예전보다 더 사랑하고 있다.

—여전히 사랑하고 있어…….

당번 때문에 늦어진 걸 핑계로 오늘은 가지 말까, 하는 생각도 했다.

그래도 역시 가야겠다고 생각한 참이었다.

그 순간.

"찾았다! 이 자식이야!"

분노 섞인 목소리가 터져 나왔고, 나는 허리를 굽힌 채 그대로 굳어버렸다. 도망치고 싶은데 몸이 움직이지 않았다.

곧장 복부를 걷어차였고, 바닥을 구르자 주먹이 날아들었다. 틈을 봐서 도망치고 싶었지만, 완전히 둘러싸인 상태라서 폭행이 이어졌다.

—린치라니.

이런 일이 현실적으로 벌어질 수 있는 일인가 싶어 머리가 새하얘졌다.

믿을 수 없었다. 등교하고 공부하는 학교 안에서 불량배들한테 둘러싸여 맞고 차이고 있다니. 이게 현실이라고?

고통으로 인해 몸이 저절로 웅크려지고 숨이 거칠어졌지만, 그럼에도 어떻게 일어섰다.

도망쳐야 한다. 빨리. 여기서!

초조해하는 내 얼굴을 향해 다시 주먹이 날아들었고, 우둑, 하는 불쾌한 소리와 함께 안경테가 휘어졌다.

—이제 그른 것 같다.

포기하려는 찰나, 갑자기 폭행이 멈췄다.

“뭐냐, 넌!”

“닥쳐, 좀—. 청소하는 데 방해된다고.”

낯선 목소리지만, 나를 구해준 건 확실했다.

“하?! 뭐라는—.”

낮은 자세로 있던 불량배 한 명의 다리를 그 사람이 밟은 모양이었다. 찬 게 아니라.

“학 씨, 아프잖아!”

그게 뭐가 아프냐는 생각이 들어 나도 모르게 냉정해졌지만, 훼방을 받은 불량배는 그것만으로 불같이 화를 냈다.

“괜찮냐? 저쪽으로 가있어.”

조용한 목소리가 내게 그렇게 말했고, 나는 뒤로 물러섰다.

안경이 휘어 시야가 흐릿했다.

"아, 네."

비틀거리며 물러서는 나를 등 뒤로 숨기며, 그 사람은 불량배들을 막아섰다.

"이게, 장난하나?!"

"그러니까— 청소하는 데 방해된다고."

태연하게 받아치며 불량배들을 바라보는, 선배로 추정되는 그 사람은 키가 크고 체격도 좋았다. 듬직해 보였다.

지시받은 방향—학교 건물 뒤편으로 향하자, "이쪽이야!" 하는 작은 목소리가 들렸다. 미야노였다.

발치에 빗자루와 쓰레기봉투가 놓여 있다.

—그러고 보니 저 사람, 청소가 어쩌고 했었지.

"걸을 수 있겠어? 보건실로 가자."

내민 손을 잡고, 휘청거릴 것 같은 다리를 다그치며 나는 달렸다.

다친 곳을 치료받고 선도부실에 가서 상황을 설명한 후, 나는 병문안을 가겠다는 약속을 했다.

얼굴이 부어있고, 다치기도 했고, 안경도 고쳐야 했다.

이 상태로 가면 지나가던 사람들한테 싸움을 걸었단 걸 들킬 것이다. 짜증을 풀기 위해 화풀이를 했다가 맞았다고 말하면 그녀는 화를 낼 게 분명하고, 이 얼굴을 보면 걱정을 안 할 수가 없을 테지.

'미안해. 2, 3일 못 갈 것 같아.'

이유는 말하지 못했다.

뼈에 이상은 없었지만 복부 곳곳에 검붉은 멍이 든 상태라, 수영 수업은 견학하라고 하셨다.

다행히 실기평가는 지금까지의 수업 내용을 기준으로 매겨준다고 했다. 견학으로 인한 감점은 없는 셈이다. 원래 못했던 과목이라 솔직히 안도했다.

하지만 안도한 것은 잠시였다. 그녀와의 약속을 더 미룰 수는 없다.

안경 렌즈는 깨지지 않아서 안경테만 비슷한 걸로 바꾸어 고쳤지만, 얼굴에 든 멍은 그대로다.

각오하는 수밖에.

"……실례합니다."

노크 후, 미닫이문을 열고 병실에 들어갔다.

"들어오…… 어?!"

고개를 숙이고 들어갔지만, 가릴 수 있는 상처가 아니다.

그녀의 눈에 경악과 걱정의 기색이 번졌고, 나는 곧장 입을 열었다.

"……좀 다쳤어."

"좀이 아니잖아?!"

커다란 눈에 눈물이 고였다. 충격을 받은 게 분명하다.

폭력의 흔적이 가까운 사람의 마음을 얼마나 잔인하게 짓밟는지는, 가족의 반응을 통해 충분히 알고 있었다.

"……미안해. 못 온다고 한 날, 사실은 이렇게 됐어. 보기보다 아프진 않아."

침대 옆으로 의자를 가져와 그녀 옆에 앉은 순간, 귀여운 펀치가 날아왔다. 주먹이 어깨에 닿았지만 전혀 아프지 않다. 내가 무심코 웃음을 터뜨리자, 그녀의 목소리가 날카로워졌다.

"안 오는 건 괜찮은데, 이유는 알고 싶었어."

"……응."

살 안나.

"싸운 거야? 누구랑?"

"학교에서 모르는 녀석이 자기 여자친구 험담을 하더라고. 큰

소리로 떠들기에 열 받아서 시끄럽다고 한마디 했다가 맞았어."

풀썩, 하고 그녀가 있는 침대 방향으로 드러누웠다.

그녀는 한숨을 내쉬며 내 머리를 안고 부드럽게 어루만졌다.

"타스쿠도 때렸어?"

"아니. 전혀. 도망쳤다가 잡혀서 맞았어."

"하아, 진짜……."

솔직히 털어놓은 건데, 머리를 한 대 맞았다. 방금 전까지 쓰다듬던 그 손이었다.

볼의 멍든 곳에 닿아 아팠지만, 나도 모르게 웃음이 나왔다. 머리 위에서 어이없어하는 기색을 품은 한숨 소리가 들린다. 한숨 속에 담긴 그녀의 다정함이 절절히 와닿았다.

"있잖아……. 지난번에 유키 어머니께 내가 못할 소리를 했어."

소중한 딸의 죽음을 거론했으니, 겉으로 드러내지는 않았지만 속으로 깊이 상처를 입으셨을 것이다.

그녀와 같은 시간을 보내온 그분들이 입퇴원을 거듭하는 딸을 생각하며 얼마나 고통스러웠을지 뻔히 알면서.

정말 한심하다.

"응. ―우리 부모님은 타스쿠, 너를 굉장히 아끼셔. 아들처럼 느껴진다고 하실 정도야. 너무 앞서간 것 같아서 민망한데…… 아무튼 그래서 평소에도 타스쿠가 열심히 하는 거 아니까 공부 방해하지 말자고 하셨어. 나도 같은 마음이고."

"……그랬구나……."

"헤헷……."

—나도 소중히 생각해.

며칠 전의 나였다면, 그녀의 말에 반론을 펼쳤을 것이다.

하지만 지금은 그게 아니란 걸 안다. 싸울 일이 아니라는 것도 알고, 헛된 배려였다고 해도 그녀의 부모님 잘못이 아니다. 그냥 내가 꼬여있던 것뿐이다.

그녀의 병세를 걱정한 나머지 마음이 약해져서 하지 않아도 될 말을 내뱉고, 사람들에게 화풀이를 하고, 상처를 줬다. 나 스스로가 참을 수 없이 부끄러웠다.

"널 좋아해."

반성했지만 불안은 사라지지 않았다.

그녀가 없으면 나는 살아갈 수 없다. 이렇게 누군가를 사랑한 건 처음이다. 그 무게가 부담스럽다는 것도 안다.

하지만 내 미숙함을 핑계로, 감정을 강요해서는 안 된다—.

나는 천천히 고개를 들었다. 어리광부리듯이 하면 안 된다.

똑바로 얼굴을 마주하고 전해야 한다.

"사랑해."

그녀의 눈을 똑바로 바라보며 말하자, 그녀의 볼이 서서히 붉게 물들어가는 게 손에 잡힐 듯이 보였다. 수줍어하면서도 기뻐하는 미소가 뭐라 할 수 없이 사랑스러웠다.

헤헤헤, 하며 부드럽게 웃는 목소리도, 가녀린 손가락도. 모든 것이.

"건강해질게."

"그래 줘."

나를 안심시키려는 최대치의 약속을 받고, 나는 링거 자국이 남아있는 그녀의 손을 두 손으로 감싸 쥐었다.

소설
사사키와 미야노
SASAKI AND MIYANO

제2장
미야노와 쿠레사와.

학기 첫 자리 배치는 이름 순서. 나는 '마' 행이니까 자기소개 차례는 끝 무렵이다.

무슨 말을 하지. 좋아하는 거나 어필 포인트를 얘기하라고 했지만 그런 면에는 좀 서툴다.

"쿠레사와 타스쿠입니다. 천문부에 들어가고 싶어서 이 학교에 왔습니다. 그리고 여자친구가 있습니다. 앞으로 잘 부탁드리겠습니다."

오오—, 하는 환성과 함께 교실 안이 술렁였다.

입학식 다음 날에 하는 자기소개는 보통 무난한 화제를 선택하기에, '여자친구가 있다'는 멘트는 상당히 주목을 끌었다.

—천문부, 그러고 보니 이 학교에 그런 게 있었지.

로맨틱한 이미지가 머릿속에 떠오르면서, 그 애를 조금 인상적으로 기억하게 되었다.

나의 지원 동기 중 하나는 집에서 통학하기 쉽고, 진로 선택의 폭이 넓은 남학교라는 막연한 이유였다. 아직 구체적인 장래 희망이 없기에, 진학할 가능성의 폭이 넓은 곳이 좋았다.

그건 즉, 지금 이곳에 있는 동급생 모두가 각각 다른 이유로 이 학교에 들어왔을 수도 있다는 얘기였다. 방금 그 애처럼.

그것이 나—미야노 요시카즈가 쿠레사와를 인식한 최초의

순간이었다.

하지만 그 뒤로는 별다른 접점이 생기지 않았고, 나는 선도부와 문예부에 소속되어 나름대로 충실한 나날을 보냈다.

쿠레사와와는 그저 1학년 때 같은 반이었던 사이로 끝날 거라고, 그날까지만 해도 그렇게 생각하고 있었다.

***

—쫓기고 있잖아!

1학기 기말고사가 끝난 직후의 방과 후였다. 쫓기고 있었다. 정말로.

소란이 벌어진 남쪽 학교 건물 뒤에서 일단 몸을 숨길 수 있는 곳으로 이동한 다음, 안쪽 상황을 살피며 건물 안으로 들어갔다.

정확히 말하면 쫓기고 있는 게 아니라 집단 폭행을 당하고 있던 같은 반 쿠레사와를 데리고 도망치고 있는 것인데—그가 왜 폭행을 당했는지는 전혀 짐작을 할 수 없다.

내가 아는 건, 조금 전까지 같은 당번이라 옆에 있던 쿠레사와가 심한 폭행을 당했다는 사실뿐이다.

보건실은…… 이쪽이다. 침착하자. 내가 냉정해져야 해. 쿠레사와는 다쳤잖아.

사람이 사람을 구타하는, 격하게 발로 차는 생생한 현장을 실제로 본 건 처음이었다.

상상을 통해, 혹은 창작물을 통해 볼 때와 비교가 안 되는 묵직한 악의가 그곳에 있었다.

아무도 말리지 않다니.

제지하는 사람 하나 없는 폭력을 직접 목격하니, 이성이나 상식 같은 건 아무런 힘이 되지 않는다는 걸 통감했다. 압도당해 망연히 있을 뿐 실질적으로 도움을 줄 수 없었던 자신의 무력함을 온몸으로 느꼈다.

우리를 도와준 그 사람은 무사할까. 우연히 그 자리에 있었을 뿐인데, 당황해서 도와줄 사람을 부르는 것밖에 하지 못했던 나보다 훨씬 더 쿠레사와를 위해 움직여줬다.

그가 뛰어들기 전에 선도부 히라노 선배를 불러뒀으니까, 아무도 모르게 구석에서 당하기만 하지는 않겠지만— 두렵다.

혼란의 여운은 격렬한 심장 박동과 함께 여전히 남아있었다. 가슴이 쿵쾅거려서 숨 쉬는 것마저 고통스러웠다.

"저 선생님 ."

"네, 들어오세요."

간신히 보건실에 도착해서 문을 두드렸을 때, 안에서 대답이 들려오자 안도감이 밀려왔다. 보건 선생님의 대답은 간결했지만 부드러운 어조였다.

설명해야 한다. 그렇게 생각했는데, 목소리가 나오지 않았다.

직접 대치한 것도 아니건만, 교내 폭력을 직면한 몸은 얼어붙을 것 같은 긴장과 충격에서 좀처럼 빠져나오지 못했다.

오른쪽 어깨에 느껴지는 무게의 주인—쿠레사와는 여러 명에게 구타를 당한 직후다. 상황을 설명할 수 있을까.

하지만 걱정은 잠시였다. 우리를 돌아본 선생님의 표정이 단번에 바뀌었다.

"잠깐. 그 상처는 어떻게 된 거야?"

"집단 구타를 당했습니다."

"……우선 상처부터 보자. 너, 반이랑 이름은 말할 수 있니?"

"네."

침대에 눕지 않아도 괜찮을까 싶은 걱정이 들었지만, 쿠레사와는 의자에 앉아 보건 선생님의 질문에 또박또박 대답했다. 그래서인지 검붉게 부어오른 뺨과 휘어진 안경테가 더 안쓰러움을 자아냈다.

어딘가 구부정해 보이는 건 배를 감싸고 있어서겠지.

지금까지 거의 말 한마디 나눠본 적 없지만, 차분하게 휴대폰을 조작하던 쿠레사와의 곧은 자세는 기억에 남아있다.

"배 좀 볼게."라는 선생님 말씀에 셔츠를 걷어올린 그의 등을 무심코 바라보며 생각했다.

촉진 결과 큰 부상은 아닌 듯했지만, 심하게 걷어차였던 모습을 회상하니 오싹했다.

—그러고 보니, 그 선배는 괜찮을까.

균형 잡힌 몸이란 건 바로 그런 사람을 두고 하는 말일 것 같았다.

체격이 좋고, 넓은 등이 인상적인— 멋있는 선배였다.

날카로운 눈에 깃들어 있는 냉철함이 보는 사람의 불안을 가라앉혀 주기는 했지만, 선배에게 모든 걸 맡기고 떠나와 버린 게 미안하고 괴로웠다.

쿠레사와를 구하기 위해서였다고 해도, 대신 맡아둔 빗자루와 쓰레기봉투도 벽에 기대둔 채 놓고 와버렸고.

지금 어떻게 됐을까. 다치지 않았으면 좋겠는데. 마음에 걸려서 불편하고 찜찜했다.

급히 휴대폰을 꺼내자, 히라노 선배에게 부재중 전화와 문자가 와있었다.

‘현장에 도착했는데 도망친 뒤야. 그쪽은 괜찮아?’

시간을 보니 문자가 온 지 벌써 5분이나 지났다. 얼른 답장을 보내야 해.

‘괜찮아요. 보건실에 있어요.’

서둘러 전송하고 나서야, 아차 싶었다.

아무리 혼란스러운 상태라지만 중요한 걸 잊고 있었다.

‘혹시 그 선배가 아직 있으면 말 좀 전해주세요. 도와주셔서 감사하다고.’

바로 답장이 왔다.

‘전했어. 걔는 같은 반 친구야. 이쪽도 무사해. 지금 선도부실에서 선생님들께 보고하고 있는데, 자세한 정보가 필요하니까 맞은 학생이랑 같이 이쪽으로 올 수 있어?’

왠지 히라노 선배의 말투가 평소보다 부드럽게 느껴졌다.

문자 내용으로 봐서 이번 건은 가볍게 넘어가지 않을 것 같았다. 다행이다.

대충 넘어갔다가 보복이 돌아올까 두려웠다. 2차원에— 아니, BL에 물든 사고 때문일지도 모르지만 심각한 문제였다. 안도의 한숨을 내쉬며 휴대폰을 주머니에 넣었다.

“덕분에 살았다. 고마워.”

건네온 목소리에 고개를 들자, 쿠레사와가 나를 바라보고 있었다.

“치료 중이잖아! 움직이지 마!”

“네.”

보건 선생님이 바로 질책했지만, 그는 태연하게 자세를 바로 했다. 그러고 보니, 그는 아까 맞고 구르면서도 고개를 들고 있었다.

“고맙다, 미야노.”

“어, 아니…… 난 한 게 없는걸……. 실제로 도와준 건 다른 사람이고.”

히라노 선배의 동급생이라는 선배의 이름은 듣지 못했기 때문에, 애매하게 넘어갈 수밖에 없어 갑갑했다. 결국 난 아무런 도움이 되지 못했다.

“아니야. 배가 아파서 걷기 힘들었는데, 부축해 줘서 고마워. 아까 그 사람은 무사하려나. 나중에 감사하다고 인사하러 가야겠다.”

“응. 아까 선도부 선배한테 연락이 왔는데, 그 사람 무사하대. 그 무리는 달아난 것 같지만.”

직접 마주한 게 아니라서, 그 불량한 무리가 누구인지는 짐작조차 가지 않는다. 그게 갑자기 불안해졌다.

쿠레사와는 증언할 수 있겠지만, 이렇게 많은 학생이 다니는 학교에서 그들을 찾아낼 수 있을까. 동아리나 학생회 같은 모임에서 교류가 없으면 옆 반 애들 얼굴조차 모르는 경우가 태반인데.

"그렇구나. 그래도 다행이야. 그 선배는 지금 어디 있대?"

"선생님들이랑 선도부실에 있대. 상황이랑 상대 쪽 정보를 알고 싶다면서, 같이 올 수 있겠냐고 하더라. 너한테 직접 정황을 듣고 싶다고."

치료를 마친 보건 선생님이 기록지를 작성하는 걸 기다렸다가, 쿠레사와는 천천히 몸을 일으켰다.

"알았어."

"다친 덴 괜찮아?"

치료받는 걸 쭉 지켜본 건 아니지만 곳곳을 꼼꼼하게 치료를 받은 걸 보니 많이 아플 것 같았다.

"아, 내충 걸을 수는 있어. ……'너'라고 불리면 기분이 묘하니까 그냥 이름으로 불러줬으면 좋겠는데."

"어, 그럴게. 쿠레사와."

“응. 고맙다, 미야노.”

선도부 선생님과 히라노 선배는 우리 둘에게 몇 가지 질문을 던졌고, 그렇게 조사는 몇 분 안에 끝났다.

학교 측은 쿠레사와에게 병원에 데려다주겠다고 했으나, 쿠레사와는 부모님께 연락드리고 혼자 가겠다며 거절했다. 걸을 수 있으니 괜찮다고 하는데, 정말 괜찮은 걸까.

“그럼, 이만 가보겠습니다.”

“조심해서 들어가라.”

쿠레사와의 부상을 고려해 자세한 얘기는 내일 이후 진행하기로 했다. 담임 선생님까지 동석한 상태에서 다시 얘기를 듣기로 한 모양이었다.

쿠레사와가 맞은 이유에 대해서는 대답을 얼버무렸기 때문에, 나는 내일 동석하지 않기로 했다. 말하기 불편한 내용일 수 있다. 놈들이 듣기 거북한 폭언을 해서 끼어들었다는 쿠레사와의 대답에, 더 파고들려는 사람은 없었다.

선도부 선생님과 히라노 선배는 이후에 보건 선생님과도 얘기를 나눠야 하는 모양으로, 상당히 빡빡한 일정이라 생각됐다. 정말로 듬직한 선배다.

얘기를 들어보니 교내 폭력은 역시나 이례적인 사태인 듯했고, 선도부만으로는 감당하기 어려운 문제가 될지도 모르겠다는 생각이 들었다. 대책을 세우려 해도, 가해 학생들을 특정할 수 없다는 게 문제였다.

나와 쿠레사와 둘 다 가해자의 얼굴을 전혀 몰랐다. 같은 학년인지조차도 알 수 없었다.

피해자인 쿠레사와는 폭행 도중에 안경이 휘어져 시야가 흐려진 탓에 얼굴을 정확히 기억하지 못한다고 했다.

1학년일 거라고 증언을 한 건, 우리를 구해준 사사키라는 이름의 선배라고 한다. 그 선배는 우리가 떠난 뒤에 보건실로 왔고, 그렇게 엇갈린 탓에 아직 직접 감사 인사를 건네지 못했다.

역시 다쳤구나.

"그럼, 난 가방을 가지고 올게. 쿠레사와는 신발장 앞에서 기다려."

내 말에 쿠레사와는 고개를 저었다.

그런데 그 동작이 무리였는지, 얼굴을 찡그리며 목덜미를 짚는다. 무리시키고 싶지 않았다.

"……아니, 괜찮아. 그렇게까지 신세 지기는 미안해."

"별로 무거운 것도 아닌데 괜찮아."

사양하는 쿠레사와를 신발장 쪽에 남겨두고, 교실로 돌아가 가방을 가지고 내려왔다.

교실은 드문드문 남아있던 학생들이 거의 다 귀가했는지 텅 비어 있었다.

평소 하교 시간에서 고작 한 시간쯤만 지나도, 학교 건물은 그 인상이 크게 변한다.

치료받고 상황을 보고하는 시간까지 포함해서 이 정도 시간이 흐른 거니, 생각해 보면 폭행은 아주 짧은 순간의 일이었는지도 모른다. 종례가 끝나고 방과 후 청소 시간에 생긴 일.

마치 나쁜 꿈이라도 꾼 것 같았다.

"고마워. 덕분에 살았어. 교실에 누가 남아있었어?"

쿠레사와의 질문은 교실 열쇠 때문일 것이다. 원래는 당번이 마지막으로 문단속을 하고 열쇠를 교무실에 반납해야 한다. 그 사실을 나도 중간에 깨달았다.

가방을 건네주며 다시 쿠레사와의 몸을 바라보았다. 얼굴에 난 상처가 아파 보였다.

"응. 타시로가 교실에 남아있어서, 문 잘 잠그고 가라고 했어."

타시로는 동급생 중 한 명으로, 분위기 메이커 같은 존재다.

교실이 왁자지껄할 때면 그 중심에 보통 타시로가 있었다.

잘 웃고, 잘 떠들며, 항상 즐거워 보이는 타시로와 접점은 적었지만, 그와 다른 부류인 나조차도 말을 붙이기 쉬운 녀석이었다.

"미안하게 됐네."

"무슨 일 있었냐고 묻길래, 쿠레사와가 맞아서 다쳤다고만 말해뒀어. 걱정하더라."

내가 두 사람분의 가방을, 그것도 평소에 그다지 친하지 않았던 쿠레사와의 가방을 들고 가려고 했으니 눈치 빠른 타시로가 이상하다고 느끼지 않을 리 없다.

선도부에서 조사 중인 일이라고 입단속을 부탁했고, 가볍게 사정을 설명해 두었다. 쿠레사와가 맞았다고 얘기를 해두었으니, 배려심이 많은 타시로는 일을 키우거나 말을 옮기지는 않을 것이다.

몸을 굽히는 것도 아픈지, 쿠레사와는 힘들게 신발을 갈아신었다.

"쿠레사와, 넌 쉬는 시간에 핸드폰만 들여다보던데."

"아, 응. 여친이랑."

"맞다, 여친 있댔지."

그랬다.

입학식 다음 날, 자기소개 시간에 쿠레사와가 했던 말이 문득 떠올랐다. 기억 한구석에 남아있던 첫인상과 눈앞의 실체가 겹쳐진다.

검은 뿔테 안경이 어울리는 지적인 외모의 쿠레사와, 그리고 빈번하게 연락을 주고받는 열애 중인 여친. 그랬구나.

"의외라는 표정인데?"

"아니, 그렇진 않은데…… 연락을 꽤 자주 하는 것 같아서."

솔직히 말하면 '갭모에(반전 매력)' 요소가 있다고 생각했다. —대놓고 말할 수는 없지만.

"그래? 직접 만나지 않아도, 좋아하는 사람이랑 대화할 수 있는 것만으로 즐겁거든."

"흐음……."

지금 그럴 상황이 아니다. 알고 있으면서도, 딱 어제 읽은 순정물 공이 할 법한 대사에 그만 입가가 씰룩거리고 만다.

"……왜 실실 쪼개냐?"

"아니? 뭐가? 남의 연애 얘기지만 좋아 보여서."

"별난 녀석."

아, 웃었다.

그 대사도 공이 할 법한 대사다. 진지한 성격이라고 생각했는데, 의외로 농담 같은 것도 잘 던지는 성격일지도.

"그런가?"

"더 들을래? 오늘은 그럴 기운이 없지만, 나중에 괜찮아지면."

농담처럼 던진 쿠레사와의 말에 나는 쓴웃음을 지었다.

"딴 데 대입할 것 같으니 사양할래."

"……응?"

쿠레사와가 한쪽 눈썹을 들어 올렸다.

거슬렸다기보다는, 뭔가 눈치챈 듯한 반응—인 것 같아서, 난 급하게 손을 내저었다.

"아, 아무것도 아냐. 근데 아까 선생님도 말씀하셨지만, 혹시 모르니까 오늘 병원에 가보는 게 좋을 것 같아."

별로 안 아프고 움직이는 데 문제가 없어도 실제로는 뼈에 금이 간 경우가 빈번하다고 한다.

내상은 없을 것 같다고 했지만 보건실에서 정밀 검사를 한 것은 아니니 조심, 또 조심하라고 선노부실에서도 주의를 들었다.

"그래. 다 나을 때까지 체육을 빠져야 하는 게 걸리네……."

"체육, 좋아해?"

그 반대라며, 쿠레사와의 얼굴이 어두워졌다.

"원래 잘 못해서, 참관만 했다가 성적이 떨어지면 곤란하거든."

아하, 하며 나는 고개를 끄덕였다. 게으름과는 인연이 없어 보이는 이미지를 가진 쿠레사와다운 우려였다.

"근데 곧 여름방학이고, 실기는 좀 어렵겠지만 필기는 문제없을 테니까 종합 평가에 영향을 주지는 않을 거야. 내일 점심시간에 선생님께 말씀드려볼게. 사정 설명은 선도부 측에서 하는 게 더 나을 테니까."

체육 종목은 수영이다. 기말고사는 끝났지만 실기평가가 남아있다. 그 평가에는 아직 이수 받지 않은 착의 수영(사고에 대비하기 위해 일상복 차림으로 하는 수영-역주)도 들어갈 터였다.

부상을 입은 상태에서 참가하기 힘든 종목이다. 지금까지의 출석 내용으로 평가받을 수 있을까.

문제를 일으키면 정학이라는 건 알고 있지만, 폭력을 당한 피해자 측의 구제 조치에 대해서는 생각해본 적이 없다.

선도부실에서 조사를 받을 때는 한발 물러난 상태에서 임했다고 생각했는데, 역시 냉정하지는 못했던 모양이다. 고등학교는 중학교 때보다 교과별 독립성이 강하므로, 사정을 말씀드리지 않으면 체육 선생님은 모르실 수 있다.

"미야노…… 너 좋은 놈이구나. 정말이지 도와줘서 고마워."

"아냐, 별 도움이 안 될 수도 있어. 미안."

기대하게 해놓고 도움이 되지 못하면 도리어 민폐다.

당황해서 말을 덧붙이자, 사과하지 말라며 쿠레사와가 쓴웃음을 지었다.

***

"야, 미야노. '공(攻)'의 반대는?"

점심시간, 이동수업 준비를 하던 도중에 받은 쿠레사와의 질문에 난 심장이 멎는 줄 알았다.

"잠깐만, 왜 그런 걸 묻는데?"

내가 실수라도 했나? 짐작가는 일은 없는데.

당황한 나머지 괜한 말을 쏟아낼까 봐, 나도 모르게 주변을 둘러보았다.

"이 질문에 동요한다는 건, 미야노 너……."

"잠깐, 사람이 없는 데서 얘기하자."

아무렇지도 않은 듯이 말을 계속 이어가려는 쿠레사와의 팔을 잡아서 교실 구석으로 끌고 갔다. 다들 이동수업 준비 중이라 복도로 나가는 게 더 위험했다.

"그러자."

"……갑자기 그건 왜 물어봐?"

나는 목소리를 죽였는데, 쿠레사와는 볼륨을 줄이지 않은 채 말했다.

"여친한테 들었는데, BL을 아는 사람은 '수(受)'라고 대답한대."

"'공(攻)'의 반대는…… '수(守)'지."

"동요한 다음에 그렇게 대답하면 얼버무리려는 걸로밖에 안 들리는데."

반박할 수 없다. 일반적으로는 '공수(攻守)'를 생각할 테니까. 너무나 당연하게.

나도 얼마 전까지는 머글이었기 때문에 그렇게 생각했다. 변화란 게 이렇게 무섭다. 이토록 자각을 못 하게 되는 것이다. 난 이제 BL을 알기 전의 나로 돌아갈 수 없다.

좋아하고, 그래서 즐겁긴 하지만, 그건 그거다.

"그 반응을 보니까 맞네."

쿠레사와는 감탄한 듯이 고개를 끄덕였고, 수업 시작하기 전에 우리도 가자며 자리에서 벗어났다.

사건이 있고 며칠 지났을 때의 대화다.

가해자는 여전히 밝혀지지 않은 채, 사건은 교착 상태에 빠졌다. 쿠레사와가 체육 시간에 견학만 하는 것 말고는 이렇다 할 변화가 없었다.

쿠레사와랑은 조사 건이 아니더라도 자주 대화하게 됐고, 지금은 반 애들 중에서도 친한 편에 속한다고 생각한다. 같은 반이라 금세 가까워진 건 당연했지만, 그 외에도 우리에게는 공통된 화제가 있었다.

BL이다.

BL을 좋아한다는 걸 일부러 숨긴 건 아니지만, 그렇다고 떠들고 다닌 것도 아니라서 처음 들켰을 때는 놀랐다. 쿠레사와의 여친이 BL을 좋아해서, 나랑 대화하다가 내 반응을 보고 혹시나 했던 모양이었다.

"……쿠레사와 여친도 'BL러'였구나."

남자인데 BL을 보냐는 소리를 한 적도 없거니와 애초부터 편견이 없을 것 같은 쿠레사와지만, 나로서는 친한 사이에서는 공유한 적이 없는 취미 생활이다. 아무래도 긴장이 됐다.

반사적으로 굳은 반응을 보였지만, 쿠레사와는 아무렇지도 않은 듯 흘려넘겼다.

"만나보고 싶으면 조건이 있어. 반하지 마라."

황당한 대답이 돌아와서, 놀리는 거란 걸 깨닫고 나도 모르게 울컥했다.

사람 반응을 관찰하는 걸 좋아하는 타입이라는 걸 알 수 있었다. 성격이 꼬였다는 뜻이다.

"뭐라는 거야. 남의 여친한테 그럴 리 없잖아."

"하하하."

어쨌거나 숨길 필요가 없게 된 덕에 어깨에 들어갔던 힘이 빠졌다.

쿠레사와가 덤덤하게 던지는 농담을 거리낌 없이 맞받아치다 보니, 이 녀석이랑 오래 알고 지낸 것 같은 생각마저 들었다. 취향을 들켜도 괜찮은 것 같아서 다행이었다.

사건 쪽은 여전히 걱정이 남았지만, 이대로 아무 진전도 없이 여름방학에 들어가게 될지도 모른다.

그렇게 반쯤 포기했을 때, 일이 벌어졌다.

***

그다음 주 점심시간의 일이었다.

1학년 교실이 있는 학교 건물 뒤편에서, 불온한 소란이 일었다.

날 선 목소리, 무언가가 부딪치며 나는 둔탁한 소리. 그런 소리가 들려와 내가 창밖을 내다보았을 때는, 그곳에 사사키 선배 혼자 남아있었다.

고통스럽게 배를 감싼 채 웅크린 선배를 보고 내가 할 수 있는 일은 많지 않았다. "싸운 걸 들키면 반성문을 써야 해."라며 히라노 선배에게 숨기고 싶어 해서, 사람을 부르지 못하고 쿠레사와가 들고 있던 반창고를 건네주는 것이 고작이었다.

설마 일전의 그 사건 때문에? 그런 생각이 스쳤지만, 사사키 선배의 말투로 보아 평소에도 자주 싸우는 사람일지 모른다.

꼬치꼬치 캐물을 수도 없어서, 나중에 보건실에 가보라는 말밖에 해줄 게 없었다.

다친 곳이 아플 텐데도, 사사키 선배는 걱정하는 나에게 귀엽다는 둥 사귀자는 둥 이상한 농담을 던져왔다. 원래 가벼운 사람인 걸까. 하지만 난 남자고, 그런 BL 같은 일이 실제 일어

날 리 없다고 생각했다.

그건 뭐였을까, 하는 찝찝함이 남았지만 모두 자리에 앉으라는 담임 선생님의 목소리가 들려와 나는 그 자리를 뜰 수밖에 없었다.

***

그 일의 진상을 알게 된 건 다음 날의 일이었다.

선도부실에서 히라노 선배에게 설명을 들을 수 있었다.

그날 사사키 선배는 교실로 돌아가자마자 히라노 선배에게 다친 이유를 추궁당했고, 결국 집단 구타를 당한 사실을 털어놨다고 했다. 그리고 방과 후, 회의가 없는 날이었지만 다시 조사가 진행되었다고 한다.

사사키 선배를 구타한 건 쿠레사와를 폭행했던 일당이었다. 사사키 선배는 일절 손을 대지 않고 그저 맞기만 했다고 했다. 지난번에도, 이번에도.

즉, 사사키 선배는 보복당한 것이다.

히라노 선배의 설명을 들으며, 나는 아연할 수밖에 없었다.

왜 그걸 단순한 싸움이라고 생각했던 걸까. 사사키 선배는 지나가다가 구타당하는 후배를 구해줄 만큼 친절하고, 성품도 온화하고, 다혈질적인 분위기와는 거리가 멀었는데.

쿠레사와를 구타한 범인이 잡히지 않은 상태에서 그때 중재에 들어간 사사키 선배가 일방적으로 다쳤는데, 어떻게 눈치채지 못했을까.

그때 말로만 얘기할 게 아니라, 억지로라도 보건실에 데려갔어야 했다.

어째서 자주 싸우는 사람일 거라고 생각한 걸까.

내가 침울해하는 동안에도 회의는 진행됐다.

사사키 선배의 친구이자 선도부 소속이기도 한 히라노 선배는 범인을 찾아야 한다고 씩씩대고 있었고, 평소에 침착하고 좀처럼 흥분하지 않는 부위원장 한자와 선배마저 이번 건에는 상당히 화가 난 것 같았다.

두 사람의 분노에는 일방적으로 구타를 당한 것을 '싸움'으로 넘어가려 한 사사키 선배의 회피적 태도에 대한 답답함도 들어 있는 모양이었다.

히라노 선배는 사사키 선배를 두고 "그 녀석은 귀찮은 걸 싫어하거든."이라고 했다. 추궁받기 전에는 그냥 넘어가려 했던 사사키 선배를 생각하자 가슴이 갑갑했다.

—대체 왜.

***

어제의 선도부 활동은, 당연히 사건 처리에 치중했다.

오늘 점심시간에는 목격자를 찾아 나서기로 했다.

점심을 먹는 장소는 대체로 정해져 있으므로, 근처의 벤치에서 점심을 먹고 있는 무리나 비슷한 시간대에 주변을 지나가는 학생들에게 묻고 다녔다. 1학년으로 범위가 좁혀진 상태였고, 이번에는 사사키 선배가 대략적인 특징을 기억하고 있었기 때문에 상황 증거를 모으는 데 집중했다.

그리고 지난 사건의 목격자로 쿠레사와도 다시 호출됐다. 철저히 상황을 밝혀내기 위해서였다.

쿠레사와가 병원에서 진단서를 받아둔 것도 유리하게 작용할 터였다.

"비아노, 사사키 선배가 구타를 당했다며?"

점심시간이 끝나고 교실로 돌아가자마자, 쿠레사와가 작은 목소리로 물었다.

나는 조용히 고개를 끄덕였다.

"……응. 쿠레사와한테도 연락이 갔겠지만, 오늘 방과 후에 다시 선도부로 와줬으면 해."

그제 점심때, 사사키 선배가 다친 걸 알고도 난 쿠레사와에게 아무 말도 하지 않았다.

그땐 그저 아는 사람이 좀 다쳐서 그런데 반창고가 있냐고 물어봤을 뿐, 선배가 창문 밖에 주저앉아있었던 사실도 얘기하지 않았다.

"어. 들었어. ……나 때문이야."

"그게 왜 너 때문이야."

그렇게 말하며 나는 사사키 선배의 모습을 떠올렸다.

후배를 감싸주던 듬직한 등. 체격도 좋으면서 절대 먼저 주먹을 날리지 않는 성실함. 그런데 정작 자기 자신한테는 무관심한 건지, 아니면 히라노 선배 말대로 귀찮은 걸 싫어하는 건지.

—도무지 모르겠어.

구타당한 직후에도 나한테 사귀자는 농담을 하며 웃었던 사람이다. 왜일까. 선배는 즐거워 보였다. 그래서 별일 아니라고 생각해 버린 걸까.

"미야노는 왜 가라앉아있어?"

얼굴에 드러났나.

"……난 그때 현장 근처에 있었고, 선배랑 직접 대화도 했는데 깨닫지 못했어. 오늘 히라노 선배한테 얘기를 듣고서야 알았지……. 그때 내가 눈치챘다면, 바로 선생님을 불러서 범인을 잡을 수 있었을지도 모르잖아."

생각할수록 후회되고, 숨이 막힌다.

"선배는 그때 어땠는데?"

"글쎄…… 그냥 웃고 있었어."

"그럼 심각하게 보이고 싶지 않았던 걸 거야. 선배 앞에서는 그런 얼굴 하지 마라."

"그럴게. 하지만."

"사건은 확실하게 해결해야지, 그치?"

쿠레사와의 말에 나는 고개를 끄덕였다. 그래. 후회해 봐야 달라지는 건 없다.

이대로 있다가는 쿠레사와에게 또 무슨 일이 생길 수 있고, 그리고 그 선배에게 의지하기만 한 채로 있고 싶지 않았다. 선도부원으로서 내가 할 수 있는 일이 있을 것이다.

—사사키 선배.

즐겁다는 듯이 웃고 있었다.

계속 그렇게 웃었으면 좋겠다.

아직 잘 모르는 선배인데도, 그 마음만은 분명했다.

—나랑 사귀지 않을래?

그 말이 농담이 아니란 걸 알게 되는 건, 조금 더 뒤의 일이다.

제3장 선배와 후배.

2학년이 되어 후배가 생겼다.

"히라노 선배, 제 말 좀 들어주세요!"

"응, 안 들어."

나—히라노 타이가는 선도부 후배인 미야노와 막역한 사이가 되었다.

지금은 활기차고 시끄럽지만, 한때는 풀이 죽어 조용했던 시기도 있었다.

"그럼 반대로, 선배가 룸메이트 얘기를 들려주셔도 돼요."

"응, 없어."

언제나처럼 대충 받아넘기며, 나는 미야노와 처음 만났을 때를 떠올렸다.

***

4월 초 방과 후, 제1회 선도부 회의가 있었다.

각 반에서 2명씩 선출된 선도부원들이 모이는 자리는 신입생다운 풋풋한 긴장감이 감돌아, 마치 풀 먹인 셔츠를 입은 듯한 기분이 든다.

"미야노 요시카즈입니다. 1년 동안 잘 부탁드리겠습니다."

—요시카즈? 그런 애가 있었나?

새 선도부원들이 차례로 인사를 하는 가운데, 난 뭔가 걸리는 부분이 있어서 명부를 바라보았다.

1학년. 미야노 요시카즈(宮野由美).

—애구나.

한자만 봤을 땐 부드러운 느낌인데, 실제 발음은 딱딱하다.

긴장된 얼굴로 자리에 앉는 그를 힐끗 보는데 마침 그쪽도 나를 보고 있었다. 하지만 눈은 마주치지 않는다. 시선 끝이 내 머리카락 쪽을 향하고 있다는 걸 눈치챘다.

다른 학생들이 자기소개를 하는 와중에도 힐끔힐끔 시선이 날아왔다.

—딱 봐도 모범생이네.

인사할 때 고개 숙이는 각도며, 말투며, 예의 바름이 동작과 태도에 배어있다. 나 같은 양아치 유형과는 영 어울리지 않을 것 같다.

'선도부가 금발이라니, 말이 돼?'라고 말하고 싶은 듯한 태도가 여실했고, 옆자리에 있는 한자와도 그걸 눈치챘는지 "뚫이지겠다."라며 작게 웃었다.

더군다나 검사할 때의 체크 포인트가 적힌 프린트물을 받은 상태였으니 더더욱 그럴 수밖에.

다른 1학년들도 신경이 쓰이는 기색이었지만, 미야노처럼 얼굴에 다 드러나는 녀석은 없었다.

“일 잘하게 생겼다.”

한자와는 재미있다는 듯이 미소를 지었다.

그리고 기대했던 대로, 미야노는 일을 꼼꼼하게 잘했다.

생활 태도는 성실했고, 품행은 단정했다.

여전히 뭔가 하고 싶은 말이 있는 얼굴로 나를 힐끔거릴 때가 있지만, 선배 행세를 한다고 해결될 일이 아니다. 불편하다면 거리를 두고 지켜보면 된다고 생각했다.

설령 나랑 맞지 않더라도 미야노가 주어진 일을 꼼꼼히 잘 해내는 성격이라는 건 짧은 기간에 파악할 수 있었고, 한자와는 그런 쪽 케어에 능했다. 주변 사람들과 잘 어울리지 못하고 자기 자리를 찾지 못하는 애들을 세심하게 배려할 줄 알았고, 그 능력을 높이 사서 올해는 기숙사장까지 맡고 있을 정도다.

덕분에 활기차게 대화가 이어지지는 않더라도 말은 나누게 되었고, 처음에는 조용하기만 했던 미야노도 말수가 늘어 벽이 좀 낮아졌나보다—라고 한자와와 이야기하던 무렵, 전환점이 찾아왔다.

교내에 집단 폭행 사건이 발생한 것이다.

그 현장에 우연히 있었던 미야노는 나에게 도움을 청해왔다.

말 붙이기 쉬운 한자와가 아닌 나에게 연락해 온 건 의외였지만, 거친 일에는 내가 더 맞겠다고 생각했을 수도 있다.

바로 달려가지 못해 뒤늦게 현장에 도착했더니 부상을 입은 사사키가 있어서 솔직히 많이 놀랐다. 얘기를 들어보니 미야노와 피해를 입은 학생과는 아는 사이도 아닌데 그냥 얼떨결에 도와주게 됐다고 해서 당황했다.

“싸움은 질색이라 안 하고 싶다고 하지 않았냐?”

감사의 뜻이 담긴 미야노의 문자를 사사키에게 보여주며 말했다.

“아—… 모양 빠져…….”

“뭐래.”

사람을 돕다가 다친 네 어디가 모양이 빠진다는 거야.

입 밖에 내지는 않았지만, 후배를 지켜줘서 고마운 마음이었다.

그리고 사사키가 자발적으로 그런 행동을 했다는 게 의외라,

뭔가가 눈앞에서 급격하게 변화하는 순간을 목격한 것 같은 기분이 들었다.

하지만 그런 감상도 순식간에 사라졌다.

사건 직후, 미야노의 태도가 눈에 띄게 달라졌기 때문이다.

갑자기 말수가 줄었고, 나를 보면 표정이 굳었다.

뭔가 말을 하고 싶어 하다가 망설임 끝에 말을 삼키는 행동 자체는 예전부터 있던 버릇이다.

좋게 말하면 신중한 거고, 나쁘게 말하면 우유부단이다. 하지만 그것도 미야노의 일면이라 생각했다.

그러나 이번엔 방치하면 안 될 것 같은 느낌이 들었다. 짧지만 선배로 지내온 경험에서 오는 감이었다.

사건 해결 자체에 상당히 오랜 시일이 걸렸기에 범인이 누구인지 몰라 긴장한 탓인가 싶었는데, 여름방학 직전에 가해자가 특정된 뒤에도 미야노의 부자연스러운 태도는 계속됐다. 아니, 오히려 더 악화된 것 같았다.

이미 고등학생이니까 단순한 성격 변화라면 억지로 캐묻기보다는 지켜보는 게 나을 거라고 한자와와 얘기했지만, 아무래도 잘 풀리지 않는 듯했다. 그래서 2학기가 되자마자 미야노를 선도부실로 불렀다.

***

“야, 너 나한테 할 말 있지?”

짧은 점심시간을 의식해서인지, 미야노는 처음부터 산만한 눈치였다.

‘이게 무슨 상황이야’라며 잔뜩 혼란스러운 목소리로 중얼거리는 소리가 귀에 들어왔다.

“그게요—….”

“화 안 낼 테니까 말해봐. 진짜로 화 안 낼게.”

일대일로 다그치면 무섭다는 소리를 자주 들어서 나름 조심하고 있는데, 노려보는 것처럼 보인 모양이었다. 미야노의 목소리가 떨렸다.

“저, 정말 괜찮아요? 진짜요……?”

“그래.”

“……저기, 히라노 선배한테 자꾸 대입하게 돼서요.”

미야노가 굳세 마음먹고 내뱉은 그 말의 뜻을 전혀 이해할 수 없었다.

“……대입?”

"네, 제가…… BL…… 그러니까 연애 만화를 좋아하는데요, 그 등장인물을 히라노 선배랑 겹쳐 보고, 이것저것 대입하게 돼서……."

"그래……?"

연애 만화라니, 그건 또 무슨 소리일까. 일단 만화를 좋아하는 건 알겠다.

"전에, 1학기 때 학교 건물 뒤에서 있었던 사건 같은 시추에이션이 만화에 자주 나오거든요. 요새는 좀 줄었지만, 옛날에는 꽤 흔한 설정이었대요—."

"……그렇구나."

잘 모르겠지만 일단 맞장구를 쳤다.

"전 지금까지 그런 걸 작품의 표식처럼 받아들이고, 좋아하는 작가님이 그리면 재미있게 읽어왔어요. 위기에서 구해준 사람과의 만남이라든지, 원래 서로를 마음에 두고 있던 두 사람 중 한 사람이 위험에 처한 순간 다른 한 사람이 달려와서 구해주는 전개에 가슴 두근거리고 그랬거든요. 지금 생각해 보면, 구해줄 사람 걸 아니까 안심하고 즐길 수 있었던 것 같아요."

흐음, 하고 나는 맞장구를 쳤다.

불량 만화를 즐겨 읽는 사람이라고 모두 폭력이나 비행을 옹

호하는 게 아니라고 생각했는데, 만화를 잘 아는 미야노가 그 정도의 견식이 없을 거라고는 생각되지 않으니 이건 미야노의 내적 문제일 것이다.

원하는 만큼 계속 얘기하게 하는 게 제일 나을 것 같아, 나는 말을 끊지 않고 경청했다.

"근데 실제로 현실에서 직접 보니까 동급생이 피해를 입고…… 우리를 도와주는 바람에 사사키 선배가 다치는 걸 보고 — 가볍게 대입하고 즐길 일이 아니란 건 실감하게 됐어요."

여기까지 말하고 미야노는 작게 숨을 들이마셨다.

진지한 표정 속에 자조적인 빛이 어렸다.

"물론 폭력 사건 같은 게 흔한 일은 아니죠. 근데 그 일이 머릿속에서 떠나질 않아서, BL에 설레는 것 자체가 잘못된 걸지도 모른다는 생각을 하게 됐어요. 근데 또 BL 같은 상황이라고 생각하게 돼 버릴 때가 있는 거예요."

말의 속도가 조금 빨라졌다.

부끄러움 때문일지도 모른다.

"현실에서는 그런 일이 벌어져서는 안 되는데, 그걸 히라노 선배로 상상해 버려서 죄송합니다."

—아, 내 얘기였구나.

끝에 가서 내 이름이 언급된 순간, 나는 상황을 이해했다.

그제야 그래서 나한테 얘기한 거였구나, 그래서 뭔가 할 말이 있어 보였구나 싶었다. 그리고 얘기를 듣기 전엔 몰랐던 걸 알게 돼서 개운해졌다.

"딱히 위축돼 있던 건 아니었구나."

맥이 풀리면서 자세가 무너졌다.

왠지 요새 배짱이 두둑한 후배가 많다는 생각이 들면서, 내 룸메이드가 떠올랐다.

"……BL은 잘 모르지만, 혼자 끙끙대지 말고 말을 해."

왜 심각해지고 그러냐며 농담처럼 받아칠 수는 없다.

미야노의 갈등은 미야노에게 진지한 문제였고, 좋아하던 걸 의심하게 되는 고통이 어떤 것인지가 그 진지한 태도에서 절실히 느껴졌기 때문이다.

"네?"

"일종의 재활 같은 거 아냐? 나한테 네가 좋아하는 걸 얘기하는 게 나쁘다고 생각하지 않고, 네가 문제를 일으키지 않는 한 화낼 이유도 없잖아"

그 취미를 그만두라거나, 현실에 반영하지 말라고 간섭할 생각은 없다.

다만 그때 도움을 청해온 후배의 목소리를 직접 들은 건 나이니만큼, 끝까지 들어주는 게 맞다고 생각한다.

"네……! 감사합니다!"

난 원래 다른 사람을 잘 챙기는 스타일이 아니다.

후배가 귀엽게 느껴지기 시작한 것도, 고등학교 와서 후배가 생기고 나서부터— 그러니 극히 최근의 일이다.

—카기의 영향을 받은 거 아닐까?

같은 방을 쓰는 그 녀석을 통해, 연하를 대하는 새로운 관점을 얻은 건 확실하다.

그걸 선도부에서도 활용할 수 있게 된 건 내게 큰 변화라 할 수 있었다.

더는 고민하지 않겠다고 결심한 미야노는 여전히 뭔가 말하고 싶은 듯한 표정으로 나를 뚫어지게 바라보는 일이 있었지만, 점차 나를 대상화하는 데 익숙해져서 편하게 대하기 시작했다.

철저히 존대하면서 말은 거침없는 미야노는 1학년 사이에서 눈에 띄었고, 한마디로 표현하자면 에너지 넘치는 놈이라 할 수 있었다.

참 질리지도 않고 별별 생각을 다 하는구나 싶다.

내가 질릴 만큼 '같은 방을 쓰는 후배와의 관계성'에 열의를 갖는 게 놀라웠다. 망상이 지나쳐서 현실감이 없다는 등의 클레임을 걸어오기도 했지만, 내가 알 바 아니다.

대담하게 늘어놓는 이야기 속에 나를 우스꽝스럽게 다루는 느낌도 없고, 무례한 발언을 한 적은 없기에 몇 달이 지났지만 굳이 말릴 생각은 들지 않았다. 미야노에게 말했던 대로, 난 그저 적당히 흘려주고 받아줄 뿐이었다.

선도부 내에서도 미야노의 발언이 눈에 띄게 늘었다.

선도부의 운영과 관련된 의견은 본래 1학년한테는 좀처럼 내기 어려운 주제다.

의제 자체가 딱딱하기도 하지만, 학생의 자율성을 해칠 수 있는 섬세한 문제를 포함하고 있기에 선도부 활동에는 신중한 숙고가 필요하다.

이런 일은 관례를 바꾸기가 워낙 어렵기 때문에. 위축되지 않고 의견을 피력하는 미야노는 날이 갈수록 그 존재감이 커졌다.

성실하고 열정적이며 싫은 건 싫다고 단호히 거절하는 강단은, 취미 쪽으로도 충분히 발휘되고 있었지만 말이다.

―뭐, 너무 얌전한 것보다는 이게 낫지.

지나치면 한 대 때리자. 나는 혼자 그렇게 결심했다.

하지만 요즘은 사사키와 자주 어울리면서, 나한테 취미 얘기를 늘어놓는 일이 줄어든 것 같은 느낌이 든다.

처음에는 사사키 쪽에서 집요하게 말을 걸어댔던 것 같은데, 어느새 친해져 있었다.

사사키의 귀차니즘이 옮지 않을까 하는 걱정도 기우였다.

도리어 미야노와 있으면서 사사키가 지각하는 일이 줄어들었다.

불편해하는 기색이 보이면 말릴 생각이었는데, 사람 사이의 일은 겉으로만 봐서 알 수 없는 법. 괜히 끼어드는 건 좋지 않을 것 같다는 판단하에, 후배와 책을 주고받는 반 친구의 착실한 변화를 나는 묵묵히 지켜보기로 했다.

좋은 영향을 주는 존재란 언제나 불현듯 나타나는 법이므로.

제4장 좋아하는 것과 빠져있는 것.

타시로 곤자부로, 고1.

난 지금 커다란 벽 앞에 망연히 서 있다.

가벼운 마음으로 임시 가입한 탁구부에서 빠져나올 수 없다. 분명 '임시'라고 했는데.

탈퇴 조건은 오직 하나, 부장을 이겨야 한다.

동아리 활동 중의 연습만으로 도저히 따라잡을 수 없는 상대를 이기려면, 비장의 전략이 필요했다.

—그래서 동아리 활동과 동시에 틈틈이 비밀 훈련을 하던 당시의 나는 알지 못했다.

임시로 가입한 순간부터 이미 차기 부장 후보로 찍혀 있었다는 사실을—.

***

바람을 가른다. 체감보다 반 박자 늦게 '슉' 하는 소리가 난다. 아—!

이런. 좋은 코스에 들어가지 않았다.

랠리 중 결정타로 날린 날카로운 스매시였던 공격을 상대는 너무나 쉽게 받아쳤고, 나는 또다시 1점을 빼앗겼다.

오래된 러버의 감촉을 의식하며 라켓을 고쳐 쥐었다.

"힘내, 타시로!"

친구들의 응원 소리가 들렸지만, 지금은 뒤돌아볼 여력이 없다.

"열심히 하고 있거든?"

탁구대 건너편에 있는 상대는 탁구부 부장이다. 이번 세트를 따내지 못하면 끝인데, 도저히 승산이 보이지 않는다.

몰랐다. 고등학교 탁구부 수준이 이렇게 높을 줄은.

—아니, 애초에 3학년을 상대로 이길 수 있을 리 없잖아!

친구인 시라하마의 상대는 같은 1학년인데, 이 불공평한 조건은 뭐냐고.

투덜거려봤자 소용이 없으니 일단 받아들이기는 했지만, 이미 숨이 턱까지 찼다. 점수 차는 점점 벌어져서 패배가 눈앞이었다.

이 시합에서 지면, 난 탁구부에 정식으로 입부하게 된다.

임시 형태로 입부했다가 유령 부원이 되거나 그냥 빠져나가려는 가벼운 생각으로 들어왔는데, 이렇게 발목을 잡힐 줄은 몰랐다. 가입을 철회하려고 했을 때는 이미 시합이 잡힌 뒤였고, '가입을 철회하고 싶으면 부원을 이겨야 한다'는 터무니없는 조건을 들이밀었다.

이 모든 원흉은 친구인 시라하마 쿄지다.

"너 탁구 좋아하잖아. 가서 체험해 봐."라며 가볍게 권유해 온 그 녀석은, 갓 입부한 1학년과 붙어서 손쉽게 이겨 버렸다.

그런데 내 상대는 부장이다. 이길 수 있을 리가.

안일한 판단이 문제였다.

탁구를 좋아하는 편이고, 다른 운동부랑 달리 기초 훈련이 빡센 분위기도 아닐 테니 괜찮을 거라는 건 완전히 오판이었다. 이곳은 전혀 그렇지 않았다.

부원들이 많은 데다 체험 내용이 빡센 걸 보고, 아차 싶어 얼른 빠져나올 생각이었는데 이 꼴이다.

하지만 승부를 앞에 두고 "그만두고 싶으니 이만 가보겠습니다."라고 빠져나오기는 싫었다. 진지하게 활동하는 사람들이 모인 자리에 가벼운 생각으로 들어온 건 나였기에, 미안함과 찜찜함을 안고 떠나고 싶진 않았다.

그렇다고 내가 부장을 이길 수 있을 리 없다. 의욕이 사라질 만큼 레벨이 다르다. 초조해할수록 실수가 많아진다는 단순한 얘기가 아니라, 순수하게 기량 자체가 완전히 다르다는 얘기다.

끼긱, 하고 울리는 신발 마찰음이 몇 번이나 더 울릴까.

그런 생각을 하는 사이, 또 한 점 빼앗겼다.

"—게임 세트!"

—완전 멋지게 말하는군.

심판을 맡은 2학년 선배의 목소리가 낭랑하게 울렸다.

대진표에 적힌 화이트보드 위 부장의 이름에 동그라미가 쳐지는 것을, 나는 티셔츠 자락으로 얼굴을 닦으며 바라보았다.

—졌어. 완패. 예상했지만 진짜 뼈아프네.

시라하마는 침울해하는 나를 곁눈질로 보고는 "그럼, 안녕히 계세요."라는 한 마디만 남긴 채 순식간에 사라졌다.

임시 가입을 철회해달라고 한 건 우리 둘뿐이었지만, 1학년의 실력을 보기 위한 시합은 계속되고 있었다.

심판을 맡았던 부부장 한자와 선배는, 풀이 죽어있는 내게 다가와 입부 절차에 대한 설명을 해줬다.

"우리 부는 그렇게 엄격하진 않은데, 생활지도 차원에서 탈색은 금지야."

"네—…? 충분히 엄격한데요."

"그렇다는데, 어쩔까? 부장."

"날 이기면 염색해도 돼."

"으엑……."

"솔직해서 좋네, 이 녀석."

왠지 칭찬을 받았지만, 정식 입부가 결정된 뒤에도 여전히 마음이 내키지 않았다.

달리 들어가고 싶은 동아리가 있는 것도 아니고, 탁구를 꽤 좋아하는 건 사실이라 나쁘지 않은 이야기임에도, 이상하게 순응할 수 없었다. 뭔가 개운치 않다.

원해서 들어간 동아리가 아니었기에, 동아리 활동에 참여하는 게 내키지 않아 발길이 가지 않았다. 그렇게 한두 번 빠지다 보니, 점점 더 가기 어색해졌다.

하지만 탁구부는 주 3회 활동이라, 두 번 빠지면 남는 건 금요일 하루뿐이다.

그렇게 되면 부장과 부부장이 교실로 찾아와 나를 끌고 가는 사태가 벌어진다. 이런 나를 문제아 취급하며 끌고 가는 모습이 학교 안에서 제법 유명해졌는지, 2·3학년 선배들이 나를 아는 척할 정도였다. 아, 구경거리 아니라고요!

물론 동아리 활동이 시작되면 나도 진지하게 임한다. 실력이 느는 건 즐거우니까.

이렇게 어중간한 방식으로 들어온 나를, 다른 부원들이 싫은 기색 없이 받아주는 것도 도망치지 않고 남아있는 이유 중 하나다.

방과 후에는 1학년끼리 어디 놀러 갔다가 집에 가기도 하고, 선배들과도 많이 친해졌다. 좋은 사람들을 곁에 두었다는 생각이 안 드는 것도 아니다.

내 입으로 말하기는 그렇지만, 이른바 미워할 수 없는 캐릭터라는 포지션이 부장의 눈에도 든 모양이다.

“보통은 충돌이 생길 만한 상황인데 안 생기는 걸 보면, 타시로는 무리 안에 녹아드는 데 천부적이야. 내가 졸업하면 하자와, 널 부장으로 세울 테니까 잘 기억해 둬라.”

“네.”

“너 다음에는 저 녀석을 부장으로 삼는 것도 괜찮겠어.”

저 녀석이라니.

그거 내 얘기지?!

2학기의 어느 날, 그렇게 웃으며 담소를 나누는 부장과 부부장을 본 나는 할 말을 잃었다.

그만두고 싶은데, 내 의지와 상관없이 중요 인물이 되고 있었다.

이렇게 한곳에 정착해서 동아리 활동을 하는 것 자체가 처음인데, 거기서 더 코너로 몰린 기분이었다.

초등학교 때는 배구부, 중학교 때는 육상부 소속이었다. 웬만한 운동은 다 잘하는 편이라 시합 때면 이리저리 불려 가는 게 당연한 일이어서, 지금까지는 다른 동아리에도 놀러 다닐 수 있다는 전제하에 동아리 활동을 해왔다. 그런 내가 부장 후보라니 당황스러웠다.

—실화냐……?

부장은 동아리 활동과 관련해 농담을 하는 스타일이 아니고, 한자와 선배는 겉보기에는 웃어넘기는 것처럼 보이지만 세세한 일까지 잊지 않는 스타일이다.

위기를 직감한 나는—…….

"……난 아무 말도 못 들었어. 응."

요컨대 부장이 안 되면 되는 거다. 탁구부는 은퇴 시기가 늦어서 공식 시합이 끝난 뒤에도 3학년이 계속 참여하는 게 관례라, 부장이 은퇴하는 건 매해 12월이다.

그러니 임명되는 건 2학년 12월부터니까, 1학년 2학기부터 걱정하는 건 기우일 것이다. 그때쯤 되면 한자와 선배도 다른 적임자를 찾을 테고 말이다.

부장 자리는 성실한 사람이 맡아야지.

"타시로, 오늘 동아리 안 가?"

강렬한 눈빛이 내 얼굴을 똑바로 응시하자, 순간 가슴이 덜컥했다.

다다음 부장이라는 미래 이야기를 들은 다음 활동일이었다. 빠진다고 좋을 건 없지만, 오늘은 동아리에 갈 마음이 들지 않았다.

"응. 미야노도 오늘은 바로 가?"

늘 뭔가 바쁜 선도부 활동에 미야노는 열심이다.

"응. 서점에 들르고 싶어서. 서점 특전을 챙기고 싶거든."

미야노는 대화를 할 때 시선을 똑바로 맞춘다. 그래서 그 커다란 눈동자로 뚫어지게 바라보면 가슴이 덜컥할 때가 있다. 놀란다는 의미로.

그리고 다정하다. 항상 상대방의 사정을 생각해 주고, 배려해 주는 느낌을 받는다.

좋아하는 주제에 대해 얘기할 때면 솔직히 무슨 말을 하는 건지 알아듣기 힘든데, 미야노도 딱히 이해하길 바라며 얘기하는 건 아닌 것 같다. 굳이 설명하지도 않으니까.

"아, 그 지난번 그 소설가 얘기의 후속작이야? 나도 부탁받았는데."

쿠레사와는 겉으로 보면 안 듣고 있는 것 같지만, 적절한 타이밍에 딱 맞는 코멘트를 던지는 걸 보면 잘 이해하고 있는 듯하다. 예전에 '여친이랑 미야노의 취향이 비슷해서 참고가 된다'고 했었다.

"같이 갈래? 몇 권인지 표기가 안 돼 있어서, 속권을 구분하기 어려울 거거든."

"고마워."

대화를 주고받으며 교실을 나서니 현관에 금방 도착했다.

미야노의 취미는 남자끼리 연애하는 만화를 보는 거라고 한다.

'남자인데?' 싶어 신기하기도 하고, 미야노가 "만화만 있는 게 아니라 여러 종류가 있어."라고 설명해 줬지만 나로서는 잘 와닿지 않았다. 만화든 소설이든 애니메이션이든, 내게는 다 비슷비슷한 느낌이니까.

쿠레사와와 미야노의 대화가 즐거워 보여서 가끔 "그건 무슨 뜻이야?" 하고 물어보기도 하지만, 그렇게 관심이 있는 건 아니라 결국 중간부터 따라잡지 못하게 된다. 뭐, 그래도 상관없지만.

내가 모르더라도 두 사람은 신경 쓰지 않고, 나도 신경 쓰지 않는다. 친구로 지내는 데 꼭 필요한 건 아니니까.

아무튼 부장이 잡으러 오기 전에 집에 간다는 오늘의 목표를 달성했기 때문에, 나는 가벼운 발걸음으로 두 사람과 헤어졌다.

참고로 이 모든 소동의 원흉인 시라하마는 어느 틈에 농구부 소속이 되었다.

내일 보자며 두 사람과 헤어졌지만, 나는 곧장 집으로 향하지 않았다.

향한 곳은 목욕탕이다.

옛날 온천마을을 떠올리게 하는 오락실과 누워 쉴 수 있는 휴게 공간까지 갖춘 비교적 넓은 이 목욕탕은, 고등학생이 된 후로 단골이 된 곳이었다. 가격도 저렴하고, 활기도 넘쳐 즐겁다. 무엇보다 하굣길에 갈 수 있다는 게 마음에 든다.

“타시로 학생—!”

길을 걷는데 뒤에서 내 이름을 크게 부르는 소리가 들려, 난 멈춰 서서 돌아보았다.

“왔구나. 오늘도 할 거지?”

수상한 웃음을 지으며 다가온 나이가 지긋한 남성은 야마다 할아버지. 그 곁에서 온화한 미소를 짓고 서 있는 여성은 토요다 할머니다.

두 분 다 우리 할머니 할아버지 연배인데, 처음 만났을 때부터 지금까지 내게 잘해주신다. 또래 친구들과는 또 다른 거리감이 재미있고, 챙겨주는 건 또 기껍기 때문에 이런 인연이 감사했다.

"당연하죠!"

가방 안에는 수건이 한 장 들어있다. 비누 같은 건 비치된 게 있으니, 따로 챙길 건 수건 하나면 된다. 명목상으로는 동아리 때 쓰려고 갖고 다니지만, 실제 사용 빈도를 보면 목욕탕과 반반인 것 같다.

—하는 건 똑같지만.

근데 기분이 다르단 말이지.

목욕탕 2층에 위치한 오락실에는 탁구대가 있다.

이 목욕탕에서 시합을 할 때면, 대중적인 시합 방식인 삼판 선승제를 따른다.

범상치 않은 회전이 걸린 공을 받아치지 못했고, 내 실점은 11점째였다.

정말 같은 라켓을 쓰는 게 맞나 싶을 정도다.

이걸로 세 판 종료다.

"좋았어!"

쾌재를 외친 건 야마다 할아버지다.

탁구 대결에서 난 한 번도 이 할아버지를 이긴 적이 없다. 점수상으로 잠시 접전인 순간은 있어도, 금세 역전당해 매치포인트에 도달한 적조차 없다.

거리 조절, 공의 위력, 날카로운 리시브 등 모든 면에서 기술 차이가 압도적이다. 갈고 닦인 실력의 차이는 전수만 봐도 역력했다.

심지어 할아버지는 흔들기에도 능하다.

접전으로 팽팽할수록 중반부터 순식간에 격차가 벌어져 완전히 무너져 버린다. 그다음부터는 완벽히 패배다. 연달아 게임을 가져가 버린다. 심리전에 능하다는 얘기다.

그게 계산된 페인트라는 걸 알면서도, 초반에 잘하고 있다는 착각을 하다 점수가 점차 벌어지면 초조해지면서 내 페이스를 잃어버린다.

"이익—! 이건 할배 취미 수준이 아니잖아요……!"

오늘도 완전히 박살이 난 나는 그저 왁왁거릴 수밖에 없었다.

씻기 전에 땀 좀 흘려볼까, 하는 가벼운 마음으로 임했다가 이 지경이다.

숨을 헐떡이며 늘어져 있자, 야마다 할아버지는 의기양양하게 웃었다.

“그래. 난 할배고 내가 이겼다네. 이게 어르신 클래스다. 알겠냐, 꼬마야?”

완전히 놀리고 있다.

“으아아—! 분해 죽겠네! 이기고 싶다!”

옆에 내려놓았던 가방에서 페트병을 꺼내, 남아있던 스포츠 음료를 단숨에 들이켰다.

“진정하고, 땀이나 씻으러 가자.”

옆 탁구대에서 가볍게 탁구를 치던 토요다 할머니의 말씀에, 그 자리에 있던 사람들이랑 함께 아래층에 위치한 목욕탕으로 내려갔다.

계단에는 손잡이가 달려 있지만, 한 손에 짐을 들고 연세가 지긋한 분들이 내려가기는 불편해 보였다. 조심스레 몸을 약간 앞으로 내밀며 내려가는데, 곁에서 야마다 할아버지가 갑자기 휘청였다.

으아악, 하며 순간적으로 부축했지만, 위험천만했던 순간을 생각하자 심장이 벌렁거려 나는 저도 모르게 한숨을 내쉬었다.

"할아버지, 무리하지 마세요……. 다치시면 저 진짜 싫어요."

조금만 다리가 안 올라가도 금방 넘어질 수 있다. 그 나이에 피로가 다리나 허리에 쌓였다면, 정말로 무리는 하지 말아줬으면 하는 마음이다.

"안 다쳐."

어린 내가 걱정을 해봤자 괜한 고집만 부리게 만든다는 건 알고 있지만, 그래도 잔소리를 하지 않을 수 없다. 속상하니까.

"야마다 할아버지가 운동신경 좋은 건 아는데요, 여긴 미끄럽단 말이에요—."

짐이라도 넘기라며 아웅다웅 할아버지에게 바짝 붙어, 아까보다 더 천천히 탈의실로 향했다.

뒤에서 토요다 할머니와 다른 분들이 "손자네, 손자야……." 하며 속삭이는 소리가 언뜻 들린 것도 같았다.

남탕과 여탕으로 갈라져 들어간 뒤에는, 야마다 할아버지께 해결이라는 명목의 지도를 받는다.

야마다 할아버지 말고도 탁구를 잘하는 사람들이 있었지만, 그중에서도 야마다 할아버지가 특히 가르치기를 좋아하고 나에게 다정했다. 게다가 놀라울 만큼 실력이 좋으시다.

땀을 씻어내며 부족한 점에 대한 조언을 듣는 그 시간은 나에게 있어 특별한 시간이었다.

동아리 활동 중에 선배에게 일대일로 지도를 받을 기회는 거의 없고, 담당 선생님도 전문 분야는 아니기 때문에 그날 배운 걸 바로 복습할 수 있다는 건 정말 감사한 일이다. 물론 지적받은 부분을 바로 플레이에 반영할 수 있다면 더 좋겠지만, 그 경지에 도달하려면 난 아직 멀었다.

지적만 계속되면 의기소침해지기 마련이라는 걸 잘 아는 야마다 할아버지는, 적당히 나를 띄워주는 데에도 능해서 종합적으로는 칭찬을 받은 것 같은 기분이 들게 했다.

천천히 욕조에 몸을 담그고, 그 뜨거움에 제일 먼저 항복하듯 나와 달아오른 몸에 미지근한 물을 끼얹으면 몸과 마음이 가벼워진다.

"야마다 할아버지, 저 먼저 나갈게요."

"그래, 여전히 빠르구나."

우리 집 목욕물이 훨씬 더 뜨겁겠다며 말버릇처럼 툴툴대는 야마다 할아버지에게 인사를 하고, 먼저 탕에서 나왔다.

탈의실 바구니에 담긴 교복을 목욕탕에서 다시 입는 건 지금도 여전히 어딘지 모르게 묘하다.

동아리 활동보다는 짧은 시간이지만, 오로지 승부에 집중하기에 시간이 농축된 느낌이라 내게는 더 잘 맞는 것 같다.

사람이 많을 때는 한 게임씩 교대로 할 때도 있지만, 모두 재미있어하며 상대해 줘서 내가 탁구대가 비기를 기다리는 시간은 거의 없다. 감사한 일이다.

"그냥 강제하는 게 싫단 말이지—……."

임시로 가입했을 때 '다른 동아리를 둘러보는 건 좋지만, 나중에 정식 가입을 해야 한다'고 처음부터 말해줬다면, 조금은 다른 마음가짐으로 탁구부 활동에 임하지 않았을까.

연습은 힘들지만 분위기는 나쁘지 않은 데다, 탁구부로 유명한 학교 특유의 일체감에서 오는 고양감도 내 안에 분명 존재한다.

야마다 할아버지를 포함한 목욕탕 단골손님들이 젊었던 시절의 즐거움을 회상하며 이야기할 때, 그 대화 사이사이에 함께했던 옛 친구들의 모습이 슬쩍 비쳐 보이는 것이 괜히 부럽게 느껴지기도 하고 말이다.

더운 김이 가득한 탈의실 밖으로 나선 순간, 기분 좋은 바람이 땀에 젖은 피부를 스쳐 지나갔다.

다다미와 소파가 갖춰진 휴게실에 짐을 내려놓은 다음, 나는 할아버지에게 우유를 사달라고 졸랐다. 우유가 미지근해지기 전에 단숨에 마셔버린 후에, 다다미에서 땀을 식히며 멍하니 있으니 기분이 좋아 졸음이 몰려온다. 내가 꾸벅꾸벅 조는 사이 토요다 할머니를 포함한 '할머니팀'도 목욕을 끝내고 나와 휴게실이 시끌벅적해졌다.

할머니팀의 오늘의 간식은 암미츠(젤리처럼 굳힌 한천을 네모나게 썰어 그릇에 담고, 팥소와 과일에 흑당 시럽을 뿌려 먹는 일본 전통 디저트-역주)인 듯했다. "이리 오렴." 하고 토요다 할머니가 불러서 가보니 내 몫이 있었다.

할머니들은 여고 시절의 이야기를 하고 계셨던 모양인지, 내가 자리에 앉아 먹기 시작하자 이야기가 재개되었다. 에스가 어쩌고, 백합이 어쩌고 등등의 단편적인 단어가 오가는 대화는 스파이들의 암호 같았다. 그게 영어나 식물 이야기가 아니란 건 간신히 알아들었는데, 여전히 무슨 뜻인지 모르겠다.

"백합이 뭐예요?"

"어머, 모르니? 여자들끼리의 사랑 이야기란다."

"네에—…… 처음 들어봐요."

옛날부터 그쪽 분야에 관심이 있으셨는지, 손녀에게 추천을 받고 다시 취미를 갖게 됐다고 한다.

"여자들도 여자끼리 연애하는 얘기를 좋아하는구나……."

문득 뇌리에 떠오른 건 미야노다. 미야노의 취미가 특이하다고 생각했는데, 내가 몰랐을 뿐 그리 희귀한 건 아닐지도 모른다.

다른 사람이 어떤 것에 빠져있는지 평소에 의식하지 않고 지나치니까.

"타시로 학생은 어떤 거에 빠져있니?"

무심코 던져진 질문에 순간 깜짝 놀랐다.

"음—…… 글쎄요. 딱히 생각해 본 적이 없어서요."

빠져있는 게 뭘까, 머리를 굴려봐도 떠오르는 게 없다.

"너 탁구에 빠져있는 거 아니었냐?"

갑자기 들려온 야마다 할아버지의 목소리에 어깨가 움찔했다.

언제 목욕을 마치고 나오신 걸까.

"부장을 이기고 싶어서 잘하고 싶은 것뿐이에요."

—그곳에서, 부장과 같은 장소에서 연습하는 길로는 부장을 절대 이길 수 없다.

기술이며 비장의 카드며, 모든 게 상대보다 떨어져서 일방적으로 배울 수밖에 없는 상황에서는.

하지만 야마다 할아버지는 한심하다는 듯이 고개를 절레절레 저었다.

"변명하기는."

어른스럽게 흘려넘기는 태도에 울컥했지만 반박할 말이 없었다.

—어렴풋이 나도 느끼고는 있어.

계속 지면서, 이길 수 없는 상대에게 배우는 게 왜 이렇게 분한지.

같은 경우라도 상대가 야마다 할아버지나 토요다 할머니면 즐길 수 있는데, 부장이 상대면 즐기기는커녕 몰래 특훈을 해야겠다는 생각만 하게 되는 이유.

—이기고 싶다. 그 사람을.

그 뒤로 몇 달이 지나고, 셀 수 없을 만큼 도전했지만 결국 난 부장을 이기지 못했다.

그렇게 12월이 되었고, 부장은 은퇴했다. 운동부치고는 늦은 은퇴였지만, 나에게는 너무나 이르게 느껴졌다. 탁구부에 임시로 들어온 지 아직 8개월이다. 8개월밖에 안 지났는데.

"이제 부장은 안 나오는 건가요?"

"이제 부장이 아니니까."

"아니, 그게 아니라! 난 아직 못 이겼는데……."

허전한 것도 같고, 허무한 것도 같은 상실감에 나는 주먹을 꽉 쥐었다.

"아, 그런 거였어? 이기면 동아리를 그만둬도 된다는 조건은 다음 부장한테 넘겨줄 테니 안심해."

"네……?"

—순간, 상실감이 싹 가셨다.

새로운 부장은 한자와 선배다.

"잘해보자~."

생글생글 웃는 한자와 선배는, 부장으로 임명될 정도니 당연히 강했다. 아니, 진짜 강하다고.

"네……?"

그렇게 승부 권한이 인계되었다.

망연히 서 있는 내 어깨를 툭 치고 "힘내." 하며 지나가는 한자와 선배의 여유로운 모습을 보니, 도저히 이길 수 있을 것 같지 않았다.

결국 부장을 쓰러뜨리겠다는 목표는 여전히 이루지 못한 채,

12월이 끝나가고 있었다.

그만두고 싶은데 이길 수 없는 내 초조함을 뒤로 한 채, 새로운 부장을 맞은 탁구부는 다시 순조롭게 굴러가기 시작했다.

겨울방학은 짧아 연습이 없다는 말에 내 동아리 활동 출석률은 저절로 올라갔고, 시합에도 출전하게 됐다.

처음 출전한 시합에서 다른 학교 학생을 이겼을 때는 지금껏 느껴본 적 없는 고양감이 온몸을 휘감았고, 쿵쾅거리는 심장이 진정되지 않았다.

승리의 기쁨도 컸지만, 동료들의 응원에 고무되는 감각과 그 든든함을 다시금 느껴보고 싶었다. 지금까지 느껴본 적 없는, 중독될 것 같은 일체감.

비록 두 번째 경기에서 나는 졌지만, 개인전인데도 단체명을 짊어지고 싸우는 경험은 다른 데서 맛볼 수 없는 기쁨이라는 걸 알게 되었다. 그리고 승리를 거듭하는 한자와 선배를 응원하는 것도 즐거워서, 속으로 큰일 났다고 생각했다.

빠져나오지 못할 것 같다.

하지만 동시에, 시합에 섰을 때 눈물을 흘리는 다른 학교 선수를 보며 자신과 다르다는 것도 깨달았다.

저런 정도의, 진 게 분하다고 눈물을 흘릴 만큼의 열정은 내 안에 없었기 때문에.

—빠져있다는 건 아마 저런 걸 얘기하는 거겠지.

그럼 난 뭘까, 하고 생각하자니 어렵다.

한자와 선배에게도, 야마다 할아버지에게도 이기지 못한다. 그 밖에도 이기지 못하는 상대는 수도 없이 많다.

시라하마나 동급생들을 상대로는 제법 빨리 이길 수 있게 됐지만, 아직 벽은 높다.

돌이켜 보면 처음에는 이전 부장을 이기지 못하는 게 그저 싫었다. 귀찮은 동아리 활동에 매이게 돼서 기분도 언짢은 데다 계속 지기만 하니까, 평소에 낙천적이라 불리는 나조차 속이 끓었다.

학교 밖에서 연습할 수 있는 곳을 찾아낸 건 일종의 오기였다.

주민센터나 목욕탕에서 탁구대를 찾아 몰래 연습을 거듭하며 점점 실력이 느는 게 기뻤다. 하지만 빠져있다는 건 엄청 좋아하는 것이어야 하지 않나, 하는 고집과 같은 의문이 내 안에 있었다.

대체 불가능하고, 절대 양보할 수 없는 것이어야 하는 게 아닐까.

—내게 탁구는 이게 아니면 안 되는 정도는 아니지만, 그래도.

"……야마다 할아버지, 한 판 더 하시죠!"

이제 숨이 금세 차지는 않게 됐다.

어느 정도 팽팽한 플레이를 할 수 있게 됐고, 전보다 오래 붙을 수 있게 됐다. 손발이 제법 잘 움직인다. 조언을 몸에 반영할 수 있게 되며 시야가 훨씬 밝아졌다.

눈앞에 길이 있다는 걸 리얼하게 실감할 수 있게 되었다고 할까.

"피곤하니까 패스."

좋아하는 건 아니지만, 부정적인 이유가 아닌 순수한 목표로 탁구를 마주할 수 있게 되었다.

"엥—?"

"그럼, 나랑 하자."

지금까지 심판을 봐주던 쿠마노 할아버지가 상대해 주겠다고 나섰다.

쿠마노 할아버지도 노련한 베테랑으로, 야마다 할아버지가 '읽는 감이 탁월하다'고 평하는 분이었다.

확실히 차원이 달라, 여긴.

노장이 즐비한 목욕탕 탁구장에서 나는 이리 치이고 저리 휘둘리지만, 대회에 나가서 분위기에 압도되지 않을 수 있었던 건 분명 이곳에서의 경험 덕분일 것이다.

두 경기를 마친 후 땀을 씻고 귀가하는 길에, 역에서 시라하마를 만났다.

겨울의 컴컴한 하늘 아래 입김만이 조명에 반사돼 하얗게 번진다.

"타시로, 지금 집에 가는 길이야?"

그러는 시라하마 역시 동아리 활동을 마치고 돌아가는 길일 것이다.

1학년 선수가 공식 시합에 출전했다고 이야기하면서 분한 기색을 비친 시라하마는, 연습에 열을 올리고 있는 눈치다. 농구부는 팀플레이이기에 연대감이 강하지만, 출전 자리를 놓고는 팽팽한 긴장감이 서리는 분위기인 모양이었다.

그런 이야기를 하는 시라하마의 표정에 '농구가 좋다'는 감정이 여실히 드러나 있어, 그게 내게는 괜히 눈부시게 느껴졌다. 하지만 그것도 지난달까지의 이야기다.

한번 시합에 나가본 몸이라, 그 기분을 조금이나마 이해한다.

“그래. 너도 고생이 많다~.”

“뭔가 개운해 보이는데?”

“목욕탕 갔다가 돌아가는 길이니까.”

“아, 거기? 좀 어때. 부장보다 잘하게 됐냐?”

“물어보지 마!”

“알 만하다.”

시라하미에게 이길 수 있게 된 건 여름방학 때였다.

원래부터 있었던 실력 차이를 좁히는 것, 그리고 그걸 뒤집는 건 쉽지 않았다. 그래서 운동신경 하나로 따라잡았다는 실감이 얼마나 내게 위로가 됐는지 모른다. 왠지 재수 없는 것 같아서 중학교 때부터 알고 지낸 시라하마에게 굳이 말한 적은 없지만 말이다.

열을 내며 말하지 않아도 툭툭 장난을 쳐가며 전철을 기다리는 시간 속에서 충실감을 공유할 수 있었다.

—미야노나 토요다 할머니처럼 특별하게 좋아하는 건 없지만.

아마 이게 지금 내게는 일순위일 것이다.

동아리 탈퇴도 걸려있으니까. 응.

***

“타시로—.”

점심시간에 불쑥 교실을 찾아온 한자와 선배가 밝은 목소리로 나를 호출해 깜짝 놀라 굳고 말았다.

“윽.”

어제 회의를 제친 걸 들킨 모양이다.

한자와 선배는 선도부를 겸하고 있기에 일정이 안 맞을 때가 있어 부부장이 회의를 진행하는 경우가 있는데, 아무래도 동아리 활동 시간이 되기 전에 회의에 빠졌던 게 전달된 모양이었다.

—좀 더 나중에 걸릴 줄 알았는데.

어제 회의 주제는 부장이 바뀐 후의 연간 계획 확인과 차기 부장`후보 논의다.

가능하면 탈퇴하고 싶은 나에게는 남 얘기나 다를 게 없는 주제였기에, 빠져도 문제없을 거라고 대수롭지 않게 생각한 게 화근이었다. 결국 나는 끌려가서 점심시간 내내 회의 내용을 들어야 했고, 기운이 빠져 축 늘어질 수밖에 없었다.

—체육 끝나고 배가 고파서, 매점에서 뭐라도 더 사 먹으려고 했는데.

곧 예비종이 울릴 시간이다. 이미 지난 일은 어쩔 수 없지.

"아, 부장, 저랑 한 판 붙어요!"

"오늘 방과 후 동아리에 나오면."

지금 내가 가장 이기고 싶은 상대는 이 사람이다.

현재 나의 첫 번째 목표. 타도 한자와 부장.

—타시로 곤자부로의 탁구부 탈퇴를 건 청춘 활극이 지금 시작된다!

마음속으로 그런 문구를 외친 내게 두려움이란 없다.

"네!"

"그리고 오늘 동아리 활동 때 차기 부장을 누구에게 맡길지도 논의할 거야."

"벌써요?"

"1년 동안 업무를 보고 배워서 인수인계를 하는 거니까."

기분이 좋아 보이는 한자와 선배가 생각하는 '차기 부장'이 나라는 걸 알지도 못한 채, 나는 맑고 차가운 12월 공기를 들이마시며 "고생이 많으시네요~."라고 웃으며 대답했다. 완전히 남 일인 줄 알고.

잊어버렸던 거다. 정말로. 전에 얘기하는 걸 들었는데도!

아, 역시 동아리 활동을 그만두지 못할 것 같은 예감이 든다!!

제5장 사사키와 미야노.

고등학교 2학년 여름, 나—사사키 슈메이는 한 1학년 후배를 알게 됐다.

계절이 바뀌고 가을을 맞은 지금, 그 후배—미야노와의 거리는 제법 가까워졌다.

"근데 먀짱, BL이 뭐야?"

"……사사키 선배한테 제가 빌려드리는, 남자끼리 연애하는 내용의 작품이에요."

난 그가 귀여워서 어쩔 줄 모르는 상태다.

"아, 이거."

"잠깐만요! 밖에서 꺼내지 말라고 전에도 말씀드렸잖아요……!"

난 그를 먀짱이라고 부르고 있다.

남학교라서 그도 남자지만, 성별과 무관하게 그냥 귀엽다.

이걸 '먀짱이 귀엽다'는 말 말고 어떻게 표현하면 좋을까. 도무지 생각나지 않는다. 귀엽다고 말할 때마다 그는 화를 내거나 뭐라고 하지만, 달리 표현할 수 있는 무언가가 있다면 진작 그렇게 했을 것이다.

이 날뛰는 감정을 주체할 수 없어서, 어떻게든 하고 싶어서 오늘도 말한다.

"귀여워, 먀짱."

***

"히라노, 교실에 있나—?"

담임 선생님이 그렇게 말하며 교실 문을 열었다.

교실에 남아있는 건 오늘 당번인 두 사람과 나, 그렇게 셋이었다.

할 일은 없지만 집에 가고 싶지 않아 멀뚱히 있던 나는, "없나 보네."라고 말하며 발길을 돌리는 선생님의 말씀에 손을 번쩍 들었다.

"히라노는 선도부에 있을 것 같은데, 무슨 일로 찾으세요?"

"아, 그래? 아니, 부탁받았던 서류가 와서 있으면 주려고 했지."

"그럼, 제가 전해줄게요. 끝날 때가 돼가거든요."

"네가 굳이……?"

평소에 내가 귀차니스트로 유명하다는 걸 알고 있기에, 선생님이 당혹스러워하시는 것도 무리는 아니다.

하지만 이건 귀차니즘이 나아지고 있다는 객관적인 증거다.

귀찮지만 어쩔 수 없다.

"급한 건 아냐."

"시간도 많고, 마침 선도부 쪽에 볼일도 있어서요."

"그럼 부탁하마. 고맙다."

건네받은 서류를 오른손에 들고 왼쪽 어깨에 가방을 멘 다음, 친구들에게 먼저 간다고 인사하고 교실 밖으로 나왔다.

조금 전까지 뭉그적거렸던 게 거짓말 같았다.

담임한테서 서류 봉투를 받은 건, 선도부에 얼굴을 내밀기 위한 구실이었다.

용건이 없으면 후배한테 치근덕거리지 말라며 동급생인 히라노는 나를 타박하는데, 뒤집어 말하면 용건만 있으면 문제없다는 얘기다. 그렇게 받아들이기로 했다.

실제로 먀짱이 정말로 곤란하면, 후배를 잘 챙기는 히라노가 바로 막아선다.

그런데 안 그런 날이 늘고 있으니, 객관적으로 봐도 먀짱이 내게 마음을 열기 시작했다—고 생각해도 되겠지.

아무튼 기분이 좋다. 선도부실 문을 열고 들어가, '담임 심부름'이라며 가볍게 농담 섞인 어조로 히라노에게 봉투를 건네주고는 먀짱에게 미소를 지었다.

다들 귀가 준비를 하는 중이다. 좋은 타이밍에 온 것 같다.

"먀짱, 같이 가자."

"서점에 들를 거라 사양하겠습니다."

깔끔하게 정리된 선반 한편에 공간을 만들면서 히라노가 고맙다며 봉투를 받았다.

"너희 둘 같이 다녀?"

"노선이 같거든."

"그래—?"

히라노는 안에 든 서류를 펼치며 대충 대꾸를 했다.

—이제는 내가 먀짱한테 접근하지 못하게 방해할 생각이 없나 보네.

내가 그런 생각을 하고 있는 사이 먀짱은 서둘러 자리에서 일어났다.

"먼저 가보겠습니다."

"그래, 잘 가라."

"앗. 먀짱, 잠깐만."

먼저 갈까 봐 뒤따라가자, 먀짱이 굳은 목소리로 말했다.

"오, 오늘은 혼자 서점에 가기로 했거든요!"

뭔가 양심의 가책을 느끼는 듯한 태도였다. 마음 착한 녀석이라 거절하는 게 어려운 모양이다.

급하게 걸음을 옮기면서도, 선도부라는 역할에 맞는 모범생인지라 복도에서 뛰지 않는다. 내 보폭으로 충분히 따라잡을 수 있는 속도라, 그게 또 귀엽다.

"BL 사러 가?"

혼자, 라는 말을 강조한 걸 보면 그럴 거라 예상하고 물었다. 다른 이유가 있다면 그것도 궁금하긴 했다.

"그그그그렇게 대놓고 말하지 말아 주세요!"

그렇긴 한데, 라고 중얼거리면서 당황하는 이유를 모르겠다.

"둘이 가는 게 더 편하지 않아?"

"남자 둘이 BL 코너에 가보세요! 주위 여자 손님들한테 좋은 소재거리나 되겠죠!"

"그런가."

"그래요."

혼자 가는 게 낫다며 뒤돌아서 단호히 주장하는 먀짱을 보니, 여기서 더 달라붙으면 진짜 싫어할지도 모르겠다는 생각이 들었다. 어떡하지. 아, 맞다.

그러니까 그 코너에 안 따라가면 되는 거잖아?

“그럼, 난 다른 코너에서 기다릴게.”

내가 그렇게 말하자, 먀짱은 반박하려다 입을 다물었다.

민망하고 난처한 듯한 시선이 너무나 선연했다.

먀짱은 대화할 때 늘 눈을 똑바로 바라보기 때문에, 그 시선을 받으면 심장이 쿵쾅댄다.

처음에는 경계하는 기색이 있었지만, 요즘은 본인이 좋아하는 것에 대해 얘기하면서 경계하는 기색이 옅어졌다. 대신, 어디까지 공유해도 되는지를 재는 기색이 자리에 남았다. 그게 또 귀엽다.

그래도 아직 그렇게 친한 사이는 아니다. 그의 생각이나 관심사를 알아가면서 친해지면 좋겠지만, 먀짱은 취미에 관한 이야기 말고도 벽을 세우는 게 느껴진다. 선후배라는 입장에서 오는 자연적인 거리감이기도 했다.

—그래도 더 알고 싶은데.

먀짱을 알게 된 후로 학교에 오는 게 즐거워졌다.

동아리나 선도부에 들었다면 더 일찍 느꼈을지도 모르지만, 먀짱을 향한 감정은 그런 단순한 소속감과는 조금 다른 느낌이 든다. 속을 터놓고 얘기하는 상대가 없기도 해서, 이 감정을 어떻게 표현해야 할지 모르겠다.

오히려 당사자인 먀짱에게 직접 얘기하고 싶은 마음이 든다. 뭐라고 해야 할지 모르는, 이 모호한 마음의 끝에 있는 관계에 대해서.

"정말로 따라오실 거예요? 솔직히 재미없을 텐데요."

"먀짱에 대해 더 알고 싶으니까."

"왜 이렇게 매번 직구로 들어오냐고……."

"뭐라고 했어?"

"아무것도 아니에요……."

비슷한 대화를 몇 번 더 주고받으며, 그를 따라 전철에서 내렸다.

"정말 싫으면 안 갈게……."

"……싫다고 할 만큼 싫은 건, 아니에요……."

조금 애매한 말투다. 저항감이 있는 것뿐인 걸로 받아들이기로 했다.

그렇다면 내가 더 다가가는 게 맞다.

그가 가려는 서점은 우리가 타고 다니는 전철 노선에 있는 대형 서점이었다. 중간에 내려서 어디를 들렀다가 가는 건 나도 좋아하는 편이다. 평소에는 그냥 지나치던 역의 낯선 거리를 걷자니, 풍경뿐 아니라 시간의 흐름까지 달라진 것 같은 느낌이 들었다.

"그럼, 난 이 근처에 있을게."

패션지 코너를 가리키자, 먀짱은 안도하는 눈치였다. 큰 눈이 인상적인 두부상에 가까운 얼굴이라, 긴장이 풀린 얼굴이 정말 귀엽다.

빠른 연생이라 들었으니, 아직 열다섯일 터였다.

그렇다면 지금 나와는 두 살 차이. 그러니 귀여울 수밖에. 나한텐 이렇게 풋풋한 소년 시절이 있었던 것 같지 않지만.

"괜찮으시겠어요? 꽤 오래 걸릴지도 몰라요."

다정한 녀석.

약속을 했던 것도 아니고, 내가 억지로 따라온 것뿐인데 정말로 미안해하고 있다.

"음— 괜찮아. 천천히 봐. 나 멍때리는 거 좋아해."

멍때리다니, 하며 먀짱은 웃음 섞인 목소리로 중얼거렸다.

"……그럼, 보고 올게요."

그렇게 말하면서도 마음은 이미 다른 코너로 가 있는 게 분명하다. 그게 또 귀엽고 흐뭇했다.

"응. 혹시 엇갈리면 입구에서 만나자."

역방향에 있는 서점 입구를 가리키자, 먀짱은 고개를 크게 끄덕이고 가방을 고쳐 메며 말했다.

"알겠습니다. —그럼, 이따가 봬요."

패션지 코너를 둘러봤지만 발간일이 지나서 그런지 마음에 드는 잡지가 없어서, 나는 어깨를 가볍게 돌리며 선반에서 몸을 뗐다.

옷을 좋아하지만, 평소에는 누나의 남친에게 물려 입는 편이라 유행하는 옷들과는 조금 거리가 있다.

"먀짱은 아직이려나……."

핸드폰으로 시간을 확인해 보니, 아직 5분도 채 지나지 않았다. 이래서는 먀짱이 돌아올 때까지 시간을 잘 때울 수 있을 것 같지 않다. 심심하기도 하고, 역시 같이 있고 싶다. 사람들 시선 때문에 같이 가기 싫다고 했는데, 그렇게 신경 쓸 일인가. 가보면 알 수 있을까.

—근데 어디 있지? 그러고 보니 BL은 어느 코너에 있으려나. BL…… 만화 코너려나.

지금까지 한 번도 본 적이 없다는 걸 깨닫고, 나는 선반을 하나하나 둘러보았다. 좌우를 천천히 둘러보며 서점 안쪽으로 들어갔다. 소년 만화, 순정 만화.

먀짱이 빌려준 책은 그림체가 예뻤으니 아마 그 근처일 것이라 짐작했다.

—아, 이거 얼마 전에 드라마로 본 거다. 원작이 순정 만화였구나. 이렇게 보니까 의외로 들어본 제목이 많네.

그렇게 중간에 딴 길로 샜다가 더 깊숙이 들어가자, 예상했던 대로 BL 코너가 있었다.

발을 내딛자, 근처에 있던 여자 손님들이 나를 흘끔흘끔 쳐다보았다. 내 착각이 아니란 건 확실했다. 뭘까, 왠지 뭔가 불편한데.

압도적으로 여자 손님이 많다.

—역시 남자가 BL을 보는 경우는 드문가 보네. 순정 만화를 보는 느낌이랑 비슷한 걸까.

순정 만화 코너와 가까운 걸 보니 그런 것 같았다. 그렇게 혼자 납득하고 있는데 익숙한 옆얼굴이 눈에 들어왔고, 저도 모르게 "아."라는 소리가 새어 나왔다.

"먀짱."

진지한 얼굴로 뒤표지를 읽고 있던 먀짱이 놀라서 눈이 농그래진다.

"?! 사사키 선배!"

서점 안에서 크게 울린 소리에, 주변의 시선이 한층 더 몰렸다.

"뭐 봐?"

"아, 그게……."

옆으로 다가가 들여다보자, 세련된 디자인의 표지가 눈에 들어왔다. 감각적인 게 마치 패션 브랜드 카탈로그와 흡사하다. 차이점이라면 사진이 사용된 게 아니라 일러스트가 들어가 있는 점 정도일까.

"흠— 멋있다. ……어라?"

선반을 둘러보는데, 정면에 놓인 책의 제목을 보고 그 자리에서 얼어붙었다.

소리 내서 읽기 망설여질 만큼 노골적인 성적 표현이 담긴 제목들이 줄줄이 꽂혀 있었다. 너무 노골적이어서 나도 모르게 먀짱을 바라보았고, 먀짱은 불편한 듯이 시선을 피했다.

……들켰다는 반응이네.

"BL은 여자들이 더 많이 보는 것 같던데, 제목은 남자들이 보는 야한 책들이랑 다를 게 없네. 좀 의외다."

"그곳은…… 고수위 레이블이라 그래요……."

눈동자에 지진이 나던 먀짱은 들고 있던 책을 숨기며 대답했다. 들고 있던 책의 제목은 별로 노골적이지도 않은데 말이다.

"레이블?"

이번엔 대놓고 시선을 피했다.

"그러니까 잡지 종류 같은 거예요."

"아하―."

고개를 끄덕이는데, 먀짱이 어쩐지 당당한 태도로 나에게 되물었다.

"근데 왜 오신 거예요?"

약간 수줍어하는 기색을 보고, 다른 누군가와 함께 이런 책을 보는 게 익숙하지 않다는 걸 눈치챘다. 지금까지는 혼자 와서 혼자 읽었던 거겠지.

"어디 있는지 궁금해서. 제일 안쪽에 있구나."

그나저나 주위 여자 손님들의 시선이 굉장히 신경 쓰였다.

날카롭게 꽂히는 느낌보다는 호기심이 어린 시선이었는데, 서점에서 이렇게 주목받는 건 처음이었다. 적어도 잡지 코너에서 이런 일은 없다.

좋아하는 책을 고르고 있는 것뿐인데, 남자는―먀짱은 이질적으로 느껴지는 걸까.

—음.

싫은 기색은 아니었지만, 너무 대놓고 쳐다본다. 그냥 자연스럽게 놔두면 좋을 텐데. 솔직히 귀찮았다.

거기까지 생각하다가 아차 싶었다.

—귀찮다는 생각은 좋지 않아. 금세 귀찮다고 생각하는 버릇을 고쳐야 하는데.

그렇게 내가 자아 성찰을 하는 사이, 먀짱은 다른 선반의 책을 집어 들었다. '봉입 특전'이라고 적힌 팝업 문구가 눈에 띄는 책이었다. 시선을 신경 쓰지 않기로 한 건지, 익숙한 건지 모를 일이다.

—좋아하는 걸 즐길 수 있으면 됐지, 뭐. ……혹시 나랑 둘이 있어서 더 눈에 띈 걸까. 그래서 아까 먀짱이 그렇게 얘기한 건지도 모르겠네. 기분 탓이 아니었구나.

마치 내가 그 사실을 깨닫는 타이밍을 노린 듯이 "커플일까?"라며 수군거리는 소리가 들렸다.

그런 오해는 조금 기꺼운데.

먀짱의 반응을 보니, 아무래도 못 들은 눈치다. 뭐, 마음껏 고르도록 그냥 두자. 만약 또 신경 쓰이는 눈치면 그때 떨어져 있고.

그렇게 지켜보는 내 마음은 모르고, 먀짱은 책을 이리저리 뒤집어보며 열심히 고민 중이다.

—진지하네.

그렇게 집중하며 고르는 모습은, 익숙하지 않은 스타일의 옷을 입어보고 살펴보는 것과 흡사했다. 그런 그의 옆에서 나는 기다렸다.

—확실히 멀리서 보면 커플 같겠군.

뭘 그렇게 고르냐며 어깨에 손을 올리려는 충동을 가까스로 억누르고, 나는 한 발짝 뒤로 물러섰다.

너무 다가갔다가는 학교에서 날 피하게 될 수 있고, 그렇게 피하는 대상이 되면 슬플 테니까. 천천히 조금씩 친해지며 마음을 열어준다면 기쁠 것 같았다.

"먀짱, 오늘 이 뒤엔 시간 있는 거지?"

"네? 아, 네……."

고개를 갸웃하는 먀짱에게 미소를 지어보인다.

"이따가 뭐 좀 먹으러 가지 않을래? 나, 배고파."

패스트푸드든 카페든 어디든 좋다. 이왕 나온 거, 약속을 하나 더 만들어두고 싶었다.

"좋아요. 그럼, 이거 계산하고 올게요."

먀짱이 활짝 웃으며 대답했다.

좋아하는 걸 누리고 있을 때 즐거워하는 먀짱의 표정을 보는 것만으로 덩달아 가슴이 뛰었다.

좋아하는 감정이 멈추지 않는다. 귀여운 구석이 늘어만 간다. 귀엽다는 말을 다른 말로 바꾸면 뭐가 있을까.

그런 생각을 하며 먀짱을 바라보았다. 시야 한편에 들어온 책 제목 중에 '좋아한다'는 글자가 눈에 박혔다.

좋아한다, 라.

딱 맞아떨어지는 느낌이다.

천천히 출구 쪽으로 걸어가는데, 무방비하게 행복해 보이는 표정으로 먀짱이 계산을 마치고 다가왔다. 잰 듯한 발걸음이 귀여워서, 나도 모르게 또 웃음이 났다.

좋아한다는 말로 바꿔도 상관은 없다.

하지만 지금은 그냥, 이 후배를 귀엽게 여기는 마음으로 있는 것도 나쁘지 않다고 생각했다.

소설
사사키와 미야노
SASAKI AND MIYANO

제6장 카기우라와 히라노.

“카기, 그것 좀 집어줘.”

“네, 여기요.”

카기우라 아키라, 그래서 카기.

금발 머리의 룸메이트인 히라노 선배가 그렇게 부르면, 난 아직도 가슴이 두근거리곤 한다.

기숙사장인 한자와 선배 말로는, 히라노 선배가 그런 호칭으로 다른 사람을 부르는 걸 본 적이 없다고 했다.

나로서도 다른 사람에게 그렇게 불리는 건 처음이다. 카기우라, 아키라, 앗키, 친구랑 게임할 때 나온 용사의 검 이름 정도였기에, ‘카기’라는 호칭은 내게도 특별했다.

농구만 생각하고 들어온 학교에서 좋아하는 사람이 생길 줄은 상상도 못 했다.

상대는 물론 히라노 선배다.

기대했다가 허탕을 치기도 하지만, 깊은 배려심과 생각지 못한 다정함을 보여주는 히라노 선배 덕분에 충실한 하루하루를 보내고 있다.

그리고 다가오는 11월 11일.

—연인들이 특별한 게임으로 떠들썩해지는 날이다.

별생각 없이 넘겼던 내 눈앞에 갑자기 빼빼로가 등장했다.

***

“카기우라.”

“이건 뭐야?”

“빼빼로.”

“그건 나도 알아.”

동아리에 가기 위해 자리에서 일어나던 나는, 들고 있던 가방을 다시 책상 위에 내려놓았다.

니바시는 여성스러운 외모를 더 강조하듯, 검지를 세운 두 손을 귀 옆에 대고 있었다. 상대를 손가락으로 가리키지 않으려고 예의상 한 행동이겠지만 말이다. 그런 부분은 또 세심한 녀석이다.

“11월 11일은 ‘빼빼로의 날’이래. 봐, 이렇게 숫자 1이 늘어서 있는 것 같잖아. 그걸 과자에 빗댄 거지.”

—아, 들어본 것도 같기도 하고 아닌 것 같기도 하고.

세간에는 하루하루가 죄다 무슨 기념일이기 때문에, 그런 거려나 하고 나는 가볍게 고개를 끄덕였다.

“그렇구나.”

니바시는 약간 한심해하는 표정으로 다시 입을 열었다.

"……빼빼로 게임이라고 알아?"

지난 반년 동안 어울리면서 딴죽을 거는 역할이 몸에 밴 니바시는, 내가 아직 상황 파악을 못 했다는 걸 금세 눈치챈 듯했다.

"알지. 양쪽 끝에서 동시에 먹기 시작하는 게임이잖아, 연인끼리 하는……."

나도 그 정도는 안다. 경험은 없지만.

"여기, 누가 준 빼빼로가 있어."

니바시가 내민 건 빨간색 포장지의 빼빼로였다. 가장 기본적인 빼빼로다.

"누가 줬는데?"

"동아리 친구. 빼빼로 게임을 하자고 했는데, 기분 나빠서 거절했더니 줬어."

"흐음—."

고생이 많네.

예쁘게 생긴 걸 어쩌겠냐며 장난스럽게 받아넘기는 니바시의 모습이 익숙하기는 했지만, 이런 건 상당히 귀찮을 것 같다. 연인도 아닌 친구한테 그런 제안을 받는다면 누구든지 당혹스러울 것이다.

“그래서, 그 얘긴 됐고. 이거 너 준다고.”

“응? 준다면 받겠지만…… 왜?”

건네받은 과자를 빤히 보며 고개를 갸웃했다.

혹시 기분이 상해서 먹기 싫어져서 그런가?

니바시는 한숨을 쉬며 다시 한심하다는 표정을 지었다.

“기숙사 가서 히라노 선배랑 먹으라고.”

“응?”

고맙다고 대답한 뒤, 과자를 들고 다시 가방을 멨다.

어쨌거나 동아리 활동을 해야 할 시간이다.

대체 뭐였는지 잠깐 신경이 쓰였지만, 곧 동아리가 시작된다. 니바시를 뒤로하고 부랴부랴 체육관으로 향했다.

운동복으로 갈아입는데, 선배들의 대화가 귀에 들어왔다. 교실에서 빼빼로 게임을 하다가 선생님한테 들켜서 빼빼로를 압수당한 모양이었다.

……아, 니바시가 히라노 선배랑 먹으라고 한 게 빼빼로 게임을 하라는 소리였나?

글쎄. 빼빼로 게임을 하자고 하면, 히라노 선배는 “하?”라고 낮은 목소리로 받아칠 것 같다. 좀 더 부드러운 버전이면 “안

해."라고 대꾸하려나.

—응, 안 해주겠지. 망상은 여기까지.

체육관에 도착하고 나서는 다른 생각을 할 틈이 없다. 농구화로 갈아신고 집합 장소에 정렬했다.

11월의 해는 짧다.

일찍 지는 노을이 공기를 한층 더 차갑게 만드는 것 같다. 입김이 하얗게 나올 정도는 아니지만, 땀을 흘린 몸은 추위를 쉽게 느꼈다.

걸음을 재촉하여 역에서 기숙사로 향했다. 조금만 더 가면 기숙사다.

편의점 옆을 지나며, 다시 빼빼로를 떠올렸다.

히라노 선배랑 연인 같은 일을 하고 싶지 않은 건 아니지만, 굳이 해보고 싶다는 바람도 없다. 서로 하고 싶은 게 아니라면 재미도 없을 테니까.

우리 가족이면 어땠을까 생각해 보니, 부모님이라면 장난쳐 가며 하실 것 같다.

우리 집은 즐거운 일이라면 공유하는 분위기였기에, 일단 상상해보니 괜히 그리운 기분이 들었다. 부모님이 빼빼로 게임을 하는 모습이 그려지면서, 나도 모르게 웃음이 새어 나왔다. 정말, 왜 이렇게 그리운 기분이 드는 걸까. 향수병인가.

—장난치며 즐기는 관계라는 거, 좋은 것 같아.

히라노 선배와 그럴 수 있으면 좋겠다고 생각하며 걷자, 밤길이 즐거워졌다.

못 한다고 해도 우울해지거나 하지는 않는다. 거부감이 드는 마음도 충분히 이해하고.

나와 히라노 선배의 관계는, 아직 가족 같지는 않으니까.

"……어라?"

주택가로 접어든 순간, 어디서 많이 본 뒷모습이 눈에 들어와 발걸음을 재촉했다.

저 금발, 저 교복, 저 걸음걸이.

"히라노 선배!"

부르며 다가가자, 선배가 돌아보고 "카기였냐."며 부드럽게 미소를 지었다.

"오늘 하루도 고생하셨습니다. 오늘도 선도부 회의가 있었어요?"

"그래. 너도 고생했어. 근데 뭐 좋은 일 있어? 기분이 좋아 보인다?"

"네? 그런가요?"

그렇게 묻는 히라노 선배의 얼굴에는 어딘가 피곤한 기색이 서려 있었다. 이 시간까지 선도부 일을 하는 건 드문 일이니까, 오늘 유난히 일이 많았던 모양이다. 고등학교에 들어와 놀란 게 이 부분이었다. 선도부는 학생의 자율성에 근거해 운영되었고, 학교 내에서 하나의 독립된 부서처럼 존재하고 있다.

특히 주축이 되는 2학년의 부담이 매우 커서, 운동부를 병행하며 할 수 있는 수준의 업무가 아니었다. 따라서 탁구부 소속이면서 선도부 부위원장이면서 기숙사장까지 겸하는 한자와 선배는 초인적인 존재였다.

"웃고 있잖아."

"네, 사실 오늘 친구한테 빼빼로를 받았거든요."

"좋겠네."

"빼빼로 게임 안 할래요?"

"……하? 안 해……."

아— 역시.

예상이 맞았다.

안 될 줄 알았지만, 막상 그런 반응이 돌아오니까 왠지 모르게 씁쓸했다. 나도 모르게 빼빼로 게임을 친밀함의 기준으로 착각했던 모양이다.

"그러시겠죠."

"왜 그래, 카기……?"

어지간히 실망한 기색을 보였는지, 히라노 선배가 걱정스러운 표정으로 내 얼굴을 들여다봤다. 무뚝뚝한 말투와 달리 선배는 감정 변화에 예민하고 남을 잘 챙기는 타입이라, 지금도 어떻게 달래야 하는지 생각하고 있을 것이다.

하지만 그럴 일은 아니었기에, 나는 가볍게 웃으며 설명했다.

"친구가 장난삼아서 빼빼로 게임을 해보라고 건네줬거든요. 근데 히라노 선배도 빼빼로 게임을 알고 있었군요."

아무 일도 아니라는 내 태도에 히라노 선배는 맥이 빠진 모양이었다.

"당연하지……. 오늘 반에서 장난친 놈들이 많았거든. 무슨 치킨게임도 아니고……."

말만 들어도 떠들썩한 교실 풍경이 그려진다. 빼빼로 게임을 놓고 반 전체가 축제처럼 들썩이는 모습을 쉽게 상상할 수 있었다.

"히라노 선배네 반은 다들 친한가 봐요. 1학년도 2학년이 되면 좀 달라지려나."

축제 준비를 계기로 단합된 분위기가 생기긴 했지만, 우리 반은 그렇게까지 친해지지는 않았다.

내가 속한 종합반은 운동이나 예술 같은 한 가지 특기에 능한 학생들이 모인 반이라 그런지, 그런 의욕이 다른 쪽으로 향했다고 할까. 일체감이 부족한 부분이 있었다. 종합반은 한 반밖에 없어 3년 동안 같이 지내야 한다.

"그런 건 안 달라져도 좋을 것 같은데."

귀찮아 죽겠다는 듯이 대답했지만, 히라노 선배가 반 친구들을 좋아하는 건 잘 알고 있다.

"그런가요."

조금 뚱한 기분으로 기숙사 현관을 지나 방으로 들어왔다.

히라노 선배의 드러나지 않는 애착의 조각을 엿볼 때마다, 그 안에 나도 들어가고 싶다는 마음이 강하게 든다. 어린아이 같은 욕구를 입 밖으로 꺼낼 생각은 없지만 말이다.

"아— 숙제가 많네……."

방에 들어서자마자 곧장 책상에 앉는 히라노 선배를 따라 나도 과제물을 펼쳤다.

지금 과제를 해두면, 막힌 부분을 나중에 히라노 선배에게

물을 여유가 생긴다.

오늘 배운 내용인데도 모르는 건 좀 한심하지만, 따라가기 힘든 과목이 하나둘 늘고 있는 게 현실이다. 외면하고 회피하기보다는 부족한 점을 인식하고 배우는 자세를 가져야 한다며, 히라노 선배는 끈기 있게 계속 도와줬다.

근데 어라……? 이것도 모르겠다.

원래 복습용으로 나온 과제니까 좀 더 풀 수 있을 거라 생각했는데.

최선을 다했지만, 빈칸이 많아 머리를 쥐어 싸매고 싶어졌다.

"한 번 듣고 이해하는 건 무리고, 그게 당연하다고 생각해."

라고 했던 히라노 선배의 말을 떠올렸다. 포기하지 말라고, 게으름 피우면 편하겠지만 분위기에 휩쓸리지 말라고 해서 중학교 때보다 책상에 앉아 있는 시간이 늘긴 했다.

—기초. 이게 기초라고.

괴롭지만 이를 악물고, 노트랑 과제물을 번갈아 보며 못 푼 문제와 관련된 내용을 찾았다. 교과서의 해당 페이지를 펼쳐 다시 한번 문제를 읽고, 반신반의한 상태에서 답을 써넣었다.

—이, 그래도 오늘 범위는 할 만할지도

새 단원 초반이라 그런지, 수업 내용과 거의 비슷한 문제가 나란히 놓인 걸 서서히 알 수 있었다. 이 부분은 확실히 기초 문제구나, 하며 푸는 과정에서 보이는 게 달라져 간다. 이해가 가는 내용은 순간 선명한 이론으로 바뀌었다.

바로 이 시간과 끈기를 요하는, 공부의 쾌감이라 할 수 있는 경험을 알려준 사람이 히라노 선배였다.

어떤 과목은 중학생 수준에서 막혀 있었던 나를 열심히 지도해주었다.

그 다정함에 보답하고 싶다. 공부는 여전히 어렵고, 좋아하게 될 것 같지 않지만 말이다.

"……좋아."

숙제를 마치고 나는 빼빼로 상자를 열었다.

히라노 선배는 아직 책상에 앉아 있어서, 조용히 쉬고 있기로 했다.

—간만에 먹네.

우물거리며 생각했다. 운동부라 동아리 활동이 끝난 뒤의 공복은 과자로 채울 수 없기에 보통 삼각김밥 같은 식사 대용품을 사 먹는다. 스포츠음료나 프로틴도 마시기 때문에 과자는 피하려고 하지만, 유혹에 질 때가 있다.

"야, 저녁 먹기 전에 간식 먹지 마."

똑 하고 빼빼로를 부러뜨리며 먹는 소리가 들렸는지, 히라노 선배가 나를 돌아보고 있었다.

"공부하느라 머리를 써서 좀 쉬는 중이에요. 저녁은 남기지 않고 다 먹을 거예요."

"피망도?"

바로 되받아친다. 내게는 아픈 일격이다. 피망만큼은 지금까지 몇 번이나 히라노 선배가 대신 먹어주었던 것이다.

"……너무해요, 히라노 선배……."

편식해서는 안 된다는 걸 머리로는 알고 있지만 몸이 거부한다. 움츠러든다는 표현이 더 가까울지도 모른다. 유치한 건 알고 있지만.

"하핫."

웃으며 자리에서 일어난 히라노 선배가 훅 다가왔다.

빼빼로를 우물거리던 내 입 앞까지 얼굴을 들이민다. 가까운 거리에서 보는 히라노 선배의 장난기 어린 미소는, 그가 기분이 좋다는 증거였다.

"?"

빼빼로를 물고 있어 질문을 하지 못하는 상태라, 의문이 어린 눈으로 바라보았다.

히라노 선배는 말로 대답하지 않고, 내 입에 물려있던 빼빼로를 손으로 집어 뚝 하고 부러뜨렸다. 순간, 검지 손톱이 내 윗입술에 살짝 닿았다.

'으'와 '에' 사이의 소리가 내 입에서 튀어나왔고, 눈은 휘둥그레졌다.

히라노 선배는 부러뜨린 빼빼로 조각을 그대로 입에 넣었다.

"이제 공범이야. 저녁을 다 못 먹을 것 같으면 나도 카기한테 부탁해야겠다."

히라노 선배는 놀라서 얼어있는 내 반응을 재미있다는 듯이 바라보다가 태연하게 방을 나서려 했다.

"아니, 히라노 선배, 저기!"

"나 화장실."

—그게 아니라!

입술에 남아있는 손톱의 감촉과 내 입에 물려있던 빼빼로를 아무렇지도 않게 먹어버린 히라노 선배로 머리가 가득 차서, 나는 비틀대다가 침대 위에 엎어졌다.

"너무해, 너무해, 진짜 너무해……!"

빼빼로 게임보다 더 대담한 걸 당한 기분이다.

아니, 기분만 그런 건 아니겠지.

그럴 의도가 전혀 없어 보였던 히라노 선배의 태도가 또 내 가슴을 휘젓는다.

—하지만 난 앞으로 계속 이 사람에게 휘둘리고 싶어.

가슴 설레고 행복해서, 혼자 간직하기에 아까운 듯한 감각이었다.

히라노 선배가 방으로 돌아오면 고맙다고 얘기해야지. 내가 말했던 빼빼로 게임에, 히라노 선배의 방식으로 참가해 준 데 대해. 놀랐지만 좋았다. 한 번 더 해달라고 하면, 과자를 너무 많이 먹는다고 혼나려나.

제7장 친구의 선배.

공부는 못하지만 즐겁게 학교생활을 하고 싶다!

가끔은 친구한테 배신도 당하고, 생각지도 못한 동아리 활동에 끌려가기도 하지만 즐거운 나날을 보내고 있었다.

이건 그런 나—타시로 곤자부로의 파란만장하고 전무후무한 스쿨 라이프 스토리다!

……라는 건 농담이고.

요새 신경 쓰이는 같은 반 친구가 두 명 있다.

신경 쓰인다기보다는 걱정된다는 표현이 더 맞을지도 모르겠다.

1학기 때 폭력 사건에 휘말린 쿠레사와와 조금 양아치스러운 2학년 선배가 치근대는 미야노, 이 둘이다.

같은 반이 된 지 반년이 조금 지나 툭툭 농담을 주고받을 수 있을 만큼 가까워졌지만, 여름방학 전에 일어난 사건의 진상에 대해서는 여태껏 물어보지 못하고 있다.

미야노 주변을 얼쩡거리는 그 선배가 사건 관계자가 아닐까.

***

행사 준비 관계로 오전 수업만 하고 끝난 날.

종례가 끝나자마자 나는 시라하마에게 말을 붙였다. 중학교 때부터 속속들이 알고 지낸 절친이다.

“오늘 아무 약속 없지?”

시라하마가 들어간 농구부는 매주 쉬는 날이 정해져 있어서 오늘 쉬는 날이 확실했지만, 시합 전후로 일정이 바뀌는 경우가 있으니 혹시 몰라 확인했다.

“응.”

“그럼, 케이크 먹으러 안 갈래?”

“웬 케이크?”

의아해하는 시라하마에게 나는 힘주어 말했다.

“12월 들어서자마자 크리스마스 장식이 확 늘었잖아. 일루미네이션도 그렇고. 그걸 보니까 케이크가 엄청 먹고 싶어지더라고.”

“아— 그건 인정.”

핼러윈이 끝나자마자 싹 바뀐 디스플레이는 절로 남고생의 위를 자극했다.

“크리스마스 기분 좀 내보자고.”

“아직 한 달 가까이 남았지만.”

맞다. 아직 꽤 남아있다. 그래도 잠깐 꿈을 꾸는 건 나쁘지 않잖아?

“당일에는 여친이랑 먹게 될지도 모르지.”

“타시로, 네가? 그건 힘들지.”

비웃음이 담긴 발언에 나는 전력으로 받아쳤다.

“시끄러워! 그럴 수도 있지! 러브레터 같은 게 신발장에 들어 있을 수도 있고!”

“남고 신발장에 들어있으면 여자가 보냈을 리 없잖아.”

아—! 그건 맞는 말이다. 맹점이었다.

그건 그렇다 치고 러브레터라니, 하며 웃는 시라하마는 참가 확정이다. 여친이 없는 건 마찬가지니까.

“아무튼 케이크는 먹으러 가자. 이왕이면 여럿이 같이 가는 게 어때?”

“좋지. 누구를 불러볼까.”

결정이 나자마자 나는 곧장 자리에서 일어났다.

미야노와 쿠레사와는 평소처럼 대화를 하는지 아닌 건지 모를 묘한 상태로 마주 앉아 있었다.

“야— 우리 케이크 먹으러 갈 건데, 너희도 갈래?”

고개를 든 두 사람은 동시에 대답했다.

“됐어.”

완벽하게 오디오가 물렸고, 나는 감탄하며 다시 물어봤다.

"너희는 맨날 불러도 안 끼더라. 딴 용건이라도 있어?"

"오늘은 여친이랑 점심 먹기로 했어."

"너한테 안 물어봤어, 쿠레사와. 알아, 안다고."

여친이 일순위인 쿠레사와의 태도는 반 전체가 다 알고 있다. 1학기 때는 개인적인 얘기를 잘 하지 않았는데, 너무나 확고한 태도로 인해 이제는 모르는 사람이 없었다.

"난 케이크는 별로야."

달달한 게 어울리게 생긴 미야노가 딱 잘라 거절한다. 나도 모르게 엥? 하는 소리가 튀어나왔다.

"달달한 걸 좋아하게 생겨놓고."

"어떻게 생겼는데?"

미야노가 노골적으로 불만을 드러냈다. 바로 그런 점.

"귀여운 계열의 얼굴."

뾰로통한 표정이 되자 더 어려 보인다.

"편견이라고. 타시로, 가만 안 둬."

노려봐도 무섭지 않다.

쿠레사와가 한심해하는 얼굴로 거들고 나섰다.

"타시로, 남고에서 너무 남자만 봐서 감각이 마비된 거 아냐?"

"아니거든? 입학식 때도 미야노 보고 여자인 줄 알았거든?"

"야, 잘 봐. 미야노는 누가 봐도 남자 얼굴이야. 내 여친이 백배 예뻐."

"쿠레사와, 너 같은 친구가 있어서 좋다."

언제나처럼 여친 자랑으로 말을 마친 쿠레사와는, 미야노가 아니라 핸드폰을 보며 고개를 끄덕였다.

"더 좋아해도 돼."

이 자식 또 여친 사진 본다, 싶었지만 굳이 딴죽을 걸지는 않았다. 괜히 말을 꺼냈다가는 여친 자랑을 듣게 될 게 뻔하다.

"너희 좀 이상한 거 알지."

"그런가?"

"그래?"

—이번엔 맞물리지 않았네. 아깝다!

"그래."

붙잡아두기 미안해서 그 두 사람과는 거기서 헤어지고, 나는 다른 반 애들에게 말을 걸어보기로 했다.

쿠레사와와 미야노는 지금이야 둘이 친하게 지내지만, 1학기 때만 해도 같이 있는 걸 거의 본 적이 없다. 지금도 항상 붙어 다니는 건 아니고.

점심시간에도 동아리나 선도부 활동을 우선시하느라 같이 점심을 먹는 경우가 드물다. 나랑 시라하마와 달리, 두 사람은 같은 중학교 출신도 아니라고 한다.

—뭔가 있었나?

생각해 보면, 미야노 입에서 쿠레사와의 이름이 처음 나온 건 여름방학 전이었다.

쿠레사와가 학교에서 폭행을 당한 일이 있었다. 당시 미야노와 쿠레사와, 그리고 선생님과 선도부까지 팽팽히 긴장감을 늦추지 않은 채 교내 순찰과 조사를 진행해서, 관계자가 아닌 내가 끼어들 수 있는 분위기가 아니었다.

그 사건에 '사사키 선배'라는 사람이 연루되어있다는 걸 어렴풋이 알게 된 것은 10월에 들어서였다.

사사키 선배는 딱 하복에서 동복으로 갈아입을 즈음부터 우리 교실에 놀러 오기 시작했다.

사사키 선배의 목적은 미야노였고, 보통은 잠깐 대화만 나누고 사라졌다. 생각보다 사이가 좋은 듯했고, 남을 배려해 강하게 밀어붙이지 못하는 미야노가 강하게 반발하는 모습을 보이기도 하면서 화기애애하게 어울리는 눈치였다.

사사키 선배의 외모는 미야노와 정반대로, 성실함과는 거리가 먼 이미지다.

염색한 머리에 피어싱을 잔뜩 꽂은, 전형적인 양아치 계열이다. 그리고 표정이 차가워서 쉽게 다가가기 어려운 분위기를 풍긴다. 180센티미터가 넘는 큰 키 역시 위압감을 더했다.

하지만 미야노를 대하는 태도는 부드러워서, 그게 또 이상했다. 무표정해지는 순간에는 무서운 상급생으로밖에 안 보이는데 말이다.

남고에서는 그런 일이 흔하다고 하니, 미야노와 특별한 관계가 아닐까 싶다. 아무튼 두 사람은 사이가 좋아 보였고, 난 태평하게 '잘 어울린다'고 생각하고 있었다.

그런데 어느 날, 사사키 선배가 쿠레사와한테 말을 거는 걸 우연히 보게 됐고, 순간 가슴 한구석이 요동쳤다.

"새삼스럽지만 안경은 괜찮았어?"

"네, 렌즈는 멀쩡해서 안경테만 바꿨어요."

"눈 근처는 소심해야 하는네."

짧은 대화였는데도 인상에 남아있는 건, 쿠레사와가 어딘지 모르게 작아 보였기 때문이었다.

신경을 써서 그렇달까, 위축된 듯한 느낌도 있었다.

평소 마이페이스인 데다 뻔뻔한 구석이 있는 쿠레사와의 의외의 모습 탓에, 불온한 대화와 부정적 이미지로 기억에 남아 있다.

—그때 그 느낌, 쿠레사와가 다쳤던 원인이 사사키 선배인 걸까?

"음……."

마음에 걸렸지만, 그렇다고 물어볼 수도 없다.

그날을 경계로 마음 한구석에 뭔가 찜찜함이 남아, 나는 사사키 선배에 관한 판단을 보류하고 있다. 만약 그렇다면 미야노는 강하게 대처하고 있을 뿐, 속으로는 집요하게 따라다녀 곤란한 상황인지도 모른다.

반 애들이랑 다섯이 케이크를 먹으러 가기로 한 주말, 나는 복도를 허둥지둥 달리고 있었다.

동아리방에서 옷을 갈아입으면서 핸드폰 알림을 보게 됐는데, 쿠레사와한테서 '노트'라 찍힌 문자가 와 있었다.

아! 하고 내가 반응하자 선배가 곧바로 눈치를 채서 초반에 빠져나올 수 있었다. 노트를 제출하는 김에 물통도 갖고 오겠다고 한자와 선배에게 말하고 급하게 교실을 향해 달렸다.

제출 기한은 오늘 방과 후지만, 수거를 맡은 쿠레사와가 점심 때까지 제출하라고 했던 것이다. 지금은 이미 방과 후. 날 제외하고 선생님께 건네버리면 끝이다.

힘차게 교실 문을 열며 소리쳤다.

"쿠레사와, 아직 있어?!"

"다행히 있어—."

핸드폰을 보며 건성으로 던진 답변이 돌아왔다. 뒤돌아보지도 않았지만, 그 순간 구원의 빛이 비치는 듯했다.

"진짜 미안! 노트 여기 있습니다……."

살았다 싶어 안도의 한숨을 내쉬며, 책상에서 노트를 꺼내 쿠레사와에게 건넸다.

용납 못 해, 라며 뭐라고 했지만 그렇다고 진짜로 안 받지는 않았다. 원래 친절한 녀석이니까.

교실에는 남아있을 이유가 없어 보이는 미야노도 있었다. 쿠레사와를 기다리는 줄 알았는데, 이번 주 당번이라 일지를 정리하고 있었다.

—이 둘만 있다는 거…….

지금이 기회다, 라고 하면 좀 미안하지만, 이번 기회를 놓치면 다시는 물어볼 타이밍이 찾아올 것 같지 않았다. 나는 호기심이 시키는 대로, 미야노에게 사사키 선배와의 관계를 물어보았다.

호감이 바탕에 깔린 관계인지, 아니면 정말로 곤란한 상황인 건지.

"그나저나 전부터 궁금했는데 미야노, 너 그 자주 오는 선배랑 사귀어?"

"그런 발상이 어디서 나와?!"

"남고잖아……. 그 선배가 너한테 귀엽다는 소리도 자주 하고. —어, 그럼…… 삥 뜯기는……."

"아니라고!"

얘기를 들어보니 내 추측은 완전히 근거 없는 오해였고, 사사키 선배는 폭행을 당하던 쿠레사와를 구해준 히어로였다는 걸 알게 됐다. 그러니까 사사키 선배와 미야노는 그냥 친한 사이였던 것이다.

—의심해서 죄송스럽네—.

사람을 의심하고 오해하는 건 옳지 않다고 반성하며 교실을 나섰다.

이번에는 천천히. 그런데 체육관 앞에 다다랐을 때 문득 중요한 사실을 떠올렸다. 빈손이었다.

"물·통·깜·빡·했·다~!"

아주 작은 목소리로 노래하듯 중얼거리며 나는 다시 교실로 발길을 돌렸다. 미야노가 교실 문을 잠가버리면 교무실까지 열쇠를 받으러 가야 한다.

—어라?

문이 열려 있다. 아까는 닫혀 있었는데 이상하다 싶어 조심스레 안을 들여다보자, 두 사람의 그림자가 보였다. 조금 전까지 있었던 쿠레사와와 미야노가 아니라, 문제의 사사키 선배와 미야노였다.

—아니, 문제는 해결됐잖아.

기억을 정정하면서도, 들어가기 어려운 분위기 때문에 나는 조금 거리를 뒀다.

두 사람의 목소리는 복도까지 들리지 않았고, 미야노는 일지를 적느라 얼굴이 보이지 않았다.

한편, 사사키 선배는 미야노가 일지를 작성하던 책상에 늘어져 있어, 선배 얼굴 역시 이쪽에서는 전혀 보이지 않는다.

—대체 뭐냐고

무슨 문제라도 생긴 게 아닐까 싶어, 조심스럽게 한 발짝 내

디뎠다.

사사키 선배는 좋은 사람이라고 두 사람은 얘기했지만, 내 안에서는 아직 어딘가 무서운 사람이라는 이미지가 완전히 지워지지 않았다.

만에 하나라도 무슨 일이 벌어질 것 같으면 크게 소리부터 질러야지. 미야노가 위기에 처하면 구해줘야 해.

그렇게 마음을 단단히 먹었던 나는, 사사키 선배가 손을 미야노 쪽으로 뻗었다가 닿기 직전에 아무것도 하지 않고 도로 거두는 것을 똑똑히 보았다.

미야노는 여전히 일지에 몰두하고 있어 보지 못했겠지만, 난 분명히 봤다.

—방금 그건…….

나도 모르게 마른 침을 삼키던 내 귀에, 두 사람의 대화가 얼핏 들어왔다. 미야노가 당당하게 늘어놓는 얘기는 그의 취미인 만화 얘기 같았다. 사사키 선배는 책을 즐겨 읽는 스타일이 아닌 것 같은데, 미야노에게 맞춰주고 있는 걸까.

"그러고 보니 오늘 편의점에서 BL스러운 만화 광고를 봤는데, 먀짱도 알아?"

"제목이 뭔데요? 기억나는 단어라도……."

"음…… 찾아보면 나올지도—. 아, 이거야."

"아, 이건 BL에 가깝긴 한데요……."

응? 안 무서운데?

아니, 그보다 아까 손을 뻗다가 마는 사사키 선배의 태도는 설마…….

왠지 사사키 선배와 미야노의 관계를 조금 알 것만 같아서, 나는 탐색하지 않기로 했다. 미야노가 괜찮으면 그걸로 된 거다.

마음에 걸렸던 것도 해결되어 기분이 개운했다.

가벼운 발걸음으로 체육관으로 돌아가, "다녀왔습니다! 노트는 늦지 않게 제출했어요!"라고 보고했다. 마침 휴식을 취하고 있던 한자와 선배가, 잘 다녀왔냐고 말을 걸다가 고개를 갸웃했다.

"근데 물통은?"

"앗!"

가지러 간 걸 새까맣게 잊고 있었다는 사실에, 천장을 바라보며 한숨을 쉬었다.

하지만 그 교실에 도로 가고 싶진 않았다.

왠지 민망하잖아!

소설 사사키와 미야노

SASAKI AND MIYANO

막간
삼색 고양이의 선 긋기.

막간 삼색 고양이의 선 긋기.

고등학교 1학년. 입학 후 처음 맞는 1학기 말.

나는 학교생활 자체에 질려있었다.

공부는 해야 한다. 그 부분은 잘 알고 있다.

하지만 너무 재미없어 의욕이 나지 않았고, 앞으로 하고 싶은 일도 모르겠다.

—의욕이라는 건 어떡하면 생기는 걸까.

지루하고, 귀찮고, 그렇다고 포기할 수 없는 지금을 그저 버티는 게 고작이었다.

나—사사키 슈메이는, 당시 아직 보물이 어디에 있는지 모르는 상태였다.

***

“짜증 나…….”

아침에 일어나 거울을 봐도, 머리카락은 여전히 얼룩덜룩했다.

마음이 무겁다…….

부모님이 운영하는 빵집의 아침 준비를 도운 후 집으로 돌아온 나는, 툴툴대며 교복을 걸쳤다.

복도로 빼꼼 얼굴을 내민 누나가 신발장 거울 앞에 서서 한숨을 쉬는 나를 보고 대놓고 웃었다. 그래서 더 짜증이 치밀었지만, 혀를 차며 참았다.

"너 어제부터 거울을 몇 번이나 봤는지 알아?"

어젯밤에도 실컷 웃어대더니 아직도 질리지 않나 보다.

예민하게 구는 내 반응이 재미있는 건지도 모른다.

"안 세봤어……."

거울 속에 비친 머리카락은 새까만 부분과 반쯤 바랜 갈색, 그리고 붉은 기가 남아있는 갈색이 부자연스럽게 뒤섞여 있었다. 검은색 염색약을 쓴 게 문제였다.

어젯밤에도 누나는 "꼭 삼색 고양이 같아."라며 실컷 놀렸다. 모든 게 귀찮고 짜증스러웠다.

1학기 초부터 선생님한테 찍힌 나는, 태도 문제는 물론이고 머리 색 때문에도 지겹도록 지적을 받았다.

지적받는 게 귀찮고 피곤해서, 검사가 심해지는 종업식 전에 검게 물들이려고 했다가 이 모양이 되었다.

학교는 가기 싫고, 시험도 안 보고 싶다. 뭐가 좋다고 기말고사가 끝나자마자 종업식날까지 시험을 봐야 하는지. 하계 강습

참고용이라고 하니 성적에 반영되는 것도 아닌 것 같은데, 그냥 제쳐도 되지 않을까.

거기서 생각이 막혔다. 보충수업이 많은 코스를 지원한 것은 나다. 도망치고 싶은 것도 사실이지만, 버티고 싶은 마음이 있는 것도 사실이다.

그렇다고는 하지만, 지금은 이 실패한 흑발 때문에 짜증스러웠다.

학교에 가도 웃음거리가 될 게 분명하다. 웃음거리가 되는 건 괜찮지만, 평소에 말 한마디 나눈 적 없는 반 애들까지 말을 보탤 걸 생각하니 상상만 해도 끔찍했다.

"귀찮아……."

"힘내서 다녀와. 귀찮아하는 버릇도 좀 고치고."

"짜증 나……."

"야."

굳이 지적하지 않아도, 고쳐야 한다는 건 나도 안다. 잘 알고 있다.

귀찮다고 피하다 보면 나중에 그 대가를 치르게 되는 건 결국 나라는 것도.

그저 흐름에 몸을 맡기고 대충 흘러가다 보면 결국엔 더 귀찮은 일로 돌아오고, 기분도 찜찜한 채로 좋지 않은 결과만 불러온다는 걸 중학교 때 경험해서 안다.

지금은—그때보다는 나아졌다고 믿고 싶다.

적어도 그때보다는 잘 등교하고 있다. 수업을 종종 빼먹긴 하지만, 공부를 완전히 내던진 건 아니다. 오늘도 머리를 검은색으로 염색하면서까지 학교에 가려고 하고 있으니까.

객관적으로 봐서 칭찬할 만한 상태가 아니란 건 스스로도 알고 있다. 극적으로 뭔가 달라진 건 아니다.

귀찮은 것은 여전하지만, 아마 아직은 괜찮을 것이다.

—힘내자…….

현관 앞에 던져뒀던 가방을 들고 운동화에 발을 집어넣었다.

"빵은 챙겼어?"

"오전 수업이라서 대충 사 먹을게."

"잘 다녀와."

"……응."

타이밍이 안 맞아서 가족에게 배웅을 받는 일은 거의 없다. 누나에게 이런 인사를 듣는 것도 오랜만이다. 익숙하지 않다. 쑥스러워서 고개만 살짝 끄덕였다.

다녀오겠다며 현관을 나서자, 여름 햇살이 눈부셨다.

막간 삼색 고양이의 선 긋기.

몇 걸음만 걸어도 무겁고 뜨거운 열기가 의욕을 꺾기 위해 끝도 없이 몸에 달라붙었다.

학교에 도착하니, 예상대로 반응이 성가시기 짝이 없었다.

오가사와라가 "오랜만에 검은 머리를 본다?"는 소리를 툭 던진 후로, 중1 때 얘기며 중2 때 얘기까지 줄줄이 꺼내서 귀찮아 죽을 지경이다. 정작 오가사와라 녀석은 하이라이트를 머리에 넣었는데도 그대로 등교했다. 어쩌자는 건데.

당연히 선도부 단속에 걸렸고, 조례 시간에도 지적을 받았다.

나로 말할 것 같으면, 얼룩덜룩하긴 하지만 검게 염색한 부분을 인정받아 징계는 면했다. 결국 태도가 문제란 얘기일 것이다.

히라노도 금발 머리라 안 좋은 의미에서 눈에 띄지만 선도부 소속이다. 학교 규칙을 따르는 태도를 보이고 있기 때문이겠지. 즉, 나는 나대로 선을 지키면 된다는 얘기다.

모든 걸 한 번에 바꾸려고 하면 갑갑해질 것이고, 무리하다 보면 금세 꺾일 것이므로.

"어라, 도로 밝아졌네."

예고도 없이 놀러 온 오가사와라는, 그렇게 말하고는 내 머리를 뚫어져라 쳐다봤다.

흑발로 염색하려다가 크게 실패한 후, 두 번에 걸쳐 다시 염색한 결과 얻어낸 머리였다. 머릿결을 생각해서 누나의 트리트먼트를 왕창 썼는데, 다행히 아직까지 들키지 않았다.

"어. 다시는 검게 안 해."

진절머리가 난 듯 숭얼거리자, 오가사와라가 유쾌하다는 듯이 웃었다.

"너도 남고 싶냐?"

그렇다. 염색으로 인한 처벌은 방과 후 설교를 듣는 게 전부인 모양이었다. 여름방학을 앞두고 들뜨지 마라, 선을 지켜라 등의 간단한 학생 지도.

오가사와라와 다른 애들에게 그 얘기를 들었을 때, 나는 귀를 의심했다.

—겨우 그걸 피하겠다고.

"차라리 남는 게 백배 낫지."

길게 한숨을 내쉬는 내 옆에서, 오가사와라는 아무렇지도 않게 CD를 뒤적거리기 시작했다.

소설
사사키와 미야노
SASAKI AND MIYANO

제8장 건성과 성가심.

고등학교 1학년 5월, 나—히라노 타이가는 툭 하면 수업을 제치는 동급생 사사키와 접점이 생겼다.

학교 내 출입 금지 구역에서 나눈, 단 한 번의 소소한 잡담.

딱히 친해지거나 하지 않은 채 1년이 지나갔다.

후배를 맞은 다음 해에 사사키의 새로운 일면을 알게 될 날이 올 거라고는, 그때의 나는 상상조차 하지 못했다.

***

수학 집중 강좌에 대한 안내문을 클리어 파일에 끼우면서, 나는 신청을 할지 말지 고민하고 있었다.

입학한 지 한 달이 지났고, 기숙사 생활에도 익숙해질 무렵에 찾아온 시험 대비 프로그램. 진학반을 대상으로 한 프로그램이었지만, 명목상으로는 자율 참가였다.

한 번쯤 들어둬야 하는 건지 판단이 되지 않았다. 딱 그 주 주말에는 본가에 다녀올 생각으로 부모님께도 간다고 연락을 해둔 상태였기 때문이었다.

골든 위크 때 다녀오고 또 가겠다고 하니, 향수병이라도 도진 것 같아 조금 멋쩍기는 했다.

하지만 "이번에 안 가면 여름방학 전까지 못 갈 테니 부모님께서 걱정하실 거야."라고 했던 룸메이트 선배의 충고가 일리가 있었기에, 마음이 흔들렸다.

보름 뒤의 일정이니 바꾸려면 바꿀 수 있다. 하지만 부모님이 어렵게 시간을 맞춰줬는데 바꾸려니 내키지 않았다. 난 아직 고등학생이지만, 한번 정한 스케줄을 바꿀 때의 번거로움은 기숙사 생활을 하며 충분히 배운 터였다.

—아직은 모색 단계지만.

지금까지 따라가기 힘든 과목은 없었으니, 굳이 수강하지 않아도 될 것 같았다.

아직은 괜찮겠지. 중간고사 결과를 참고해서 판단해도 늦지 않다. 신청 마감은 이번 주 금요일까지니, 일단 보류해 뒀다가 기숙사에 가서 의견을 들어보는 것도 나쁘지 않을 것 같다.

그런 생각을 하는 사이에 교실에 남아있는 사람은 거의 없게 됐다.

"야, 어제 전화 좀 받지 그랬냐. 난리 났었다고."

거칠게 말을 던진 건 오가사와라나. 한가운데에 하이라이트를 넣은 특이한 헤어스타일 때문에 1학년치고는 제법 위압적인 분위기를 풍긴다. 귀를 뚫은 건 나도 마찬가지라 뭐라 할 수 없지만.

“어제는—…… 알바였어.”

나른하게 대답한 건 사사키다.

사사키의 머리는 그나마 얌전한 축으로 분류될 수 있지만, 피어싱이 보는 사람이 아플 정도로 많다. 연골까지 여러 개 뚫은 학생은 아마 드물 거다.

겉모습으로 사람을 판단할 생각은 없지만, 저 녀석은 이질적이었다. 붕 뜬 존재다. 학업에 대한 성실한 자세가 요구되는 이 반에서는 특히.

“거짓말하지 마. 어제 너희 누나 만났더니 방에서 자고 있다던데?”

“그랬나.”

건성. 너무 건성이다.

미안해하는 기색도 없는 사사키 때문에, 정작 바른말을 하는 오가사와라 쪽이 까칠하게 보인다.

“맞다, 전에 말한 CD.”

“아, 까먹었어.”

—콩트 하냐, 진짜.

“이 자식!”

무기력해 보이는 사사키와 다혈질로 보이는 오가사와라가 주고받는 대화를 흘려들으며, 나는 자리에서 일어섰다.

그리고 문득 떠올렸다. 사사키는 수학 성적이 좋았다. 중간고사 때 상위권이었던 걸로 기억한다.

그래서 겉으로는 불량스러워도 성실한 녀석일 거라는 이미지를 막연히 품고 있었는데.

—건성인 녀석.

그게 사사키 슈베이라는 녀석에 대한 첫인상이었다.

두 번째 인상은 달랐다.

"반장—."

교실 문 사이로 얼굴을 내밀고 반장을 찾는 사람은 현대국어 선생님이셨다.

"오늘 안 나왔어요—."

누가 그렇게 대답했다.

"그럼 선도부—."

다음으로 지목된 건 나였다.

"네."

오늘은 현대국어 수업도 없었고, 이번 주 안에 제출해야 할 과제도 없다. 무슨 일로 찾아오신 걸까.

"지난주 프린트를 사사키만 안 냈거든? 어제 찾아오라고 했는데 아직까지 안 와서 말이야. 오늘 안에 제출하라고 전해줄래?"

그게 선도부랑 무슨 상관일까?

"네…… 알겠습니다."

마지못해 대답했다. 그건 당번한테 시키면 되지 않냐고 생각했지만, 굳이 말로 하진 않았다.

—귀찮아. 날 끌어들이지 말라고.

불평을 삼키며 교실을 둘러보았다. 당연하게도 사사키는 보이지 않는다.

아침에는 본 것도 같고, 책상에 가방도 걸려있다.

"야, 오늘 사사키 봤어?"

자주 어울리는 오가사와라에게 묻자, 그는 고개를 저었다.

"몰라."

"나 그 녀석 연락처도 모르는데, 핸드폰 같은 거 안 들고 다녀?"

"어— 잠깐만. 지금 걸어볼게. ……사사키, 너 어디냐? 뭐? 안 잔다고? 야! ……."

수고스럽게 전화를 걸어준 건 고마웠지만, 사사키가 오가사와라의 친절을 완전히 무시하고 있다는 건 알겠다. 무슨 상황인지는 모르겠지만.

"뭐래?"

"끊었어. 오늘 더우니까 어디 박혀서 자고 있을 거야."

화난 듯 보였던 오가사와라의 얼굴은, 그저 원래 그렇게 생긴 것뿐 딱히 화가 난 건 아닐 수도 있겠다는 걸 이때 처음 깨달았다. 목소리에는 짜증이 섞여 있지 않았다.

어쨌거나 진심으로 열을 받은 나와의 온도차가 크다.

"그게 어딘데?"

모르겠다고 대답하는 오가사와라는, 숨겨주려는 게 아니라 정말로 짐작 가는 데가 없는 듯했다.

"그 녀석은 더운 걸 못 참으니까, 어디 시원한 데서 쉬고 있을 거야."

뭐 이런 웃기는 자식이 다 있지.

물론 오가사와라가 아니라 사사키 말이다.

곧 종이 울리고 4교시가 시작됐지만, 사사키는 끝내 나타나지 않았다.

—아침부터 수업을 한 번도 안 들었잖아. 학교에 나온 의미가 있나? 아니, 온 건 맞나……?

짜증을 숨길 생각도 없는 나는 점심을 먹은 뒤였다.

학교에서 주문한 도시락은, 체육이 있는 날에는 양이 좀 부족하다.

평소보다 더 빨리 먹어버린 탓에 애매하게 시간이 남았다. 이참에 사사키나 찾아야겠다는 생각에 자리에서 일어나, 수업을 빠지고 갈 만한 곳을 찾아보기로 했다.

중앙 뜰의 벤치라든가, 인적이 드문 복도 끝에 있는 문과 계열 동아리방이라든가. 머리에 떠오르는 대로 이곳저곳을 둘러보며 계단을 올랐다.

관리가 되지 않은 방은 생각보다 적었다. 생각난 장소마다 누군가가 자리를 차지해 점심을 먹고 있었다. 더는 생각나는 곳이 없는데. 숨바꼭질이라도 할 생각이냐고, 그 자식은.

남은 곳이라면 옥상—이겠지만, 학생 출입이 원칙적으로 금지돼 있었다.

천문부에서 관측을 할 때만 예외적으로 개방되는데, 그것도 1년에 몇 번 열리지 않는 행사였다. 내가 입학하고 나서는 아직까지 한 번도 없었다.

—잠겨있겠지……?

근거는 없지만 괜히 신경이 쓰여서, 나는 옥상으로 이어진 계단을 올려다보았다.

—더운 걸 못 참는다고 했지…….

오가사와라의 말을 반추해 보니, 옥상으로 연결된 이 계단이 은신처처럼 느껴졌다.

출입 금지라고 적힌 화이트보드를 옆으로 밀어내고 천천히 발을 내디뎠다. 소리가 나지 않도록 조심스레 층계참까지 올라가자, 그곳에 사람 그림자가 보였다.

하아. 한숨이 새어 나왔다.

"여기 있었냐."

옥상으로 연결된 문은 단단히 잠겨있고, 채광창은 멀리 위치해 있다. 계단 맨 위의 좁은 공간에 사사키가 있었다.

어둡고 차가운 벽에 기대앉아 음악을 듣고 있는 듯했다.

"아."

그의 시선이 흐릿하게 나를 향했다.

늘쩐다, 싶은 표정이 먼지로 가득한 공간과 묘하게 어울리지 않았고, 뭔가 얼빠진 듯한 이미지였다. 무력해 보이는, 그저 학교생활에 아무 감흥이 없는 녀석 특유의 둔한 반응.

"어떻게 이런 데 있냐."

엉덩이가 아플 텐데, 설마 아침부터 계속 여기 있었던 걸까.

헤드폰을 벗으며, 사사키가 고개를 갸웃했다.

"음— 히라노 맞지? 볼일 있어?"

—이름을 기억하고 있었나?

의외였다. 뭐, 이 금발이 눈에 띄기는 해.

"그래. 현대국어 프린트, 오늘 중으로 제출하래. 너만 안 냈대."

잘 생각해 보니까 오가사와라한테 문자를 보내라고 하면 되는 일이었다.

제출하라는 말을 전해달라는 부탁을 받았을 뿐, 나에게 회수해 오라고 한 게 아니니까. 하지만 사사키의 건성인 태도가 신경 쓰였던 건 사실이니, 이것도 무슨 인연일 거라 생각했다.

"아— 안 했는데."

"갖고는 왔냐?"

오늘 시간표에는 현대국어 수업이 없다.

그래서 기대하지 않았는데, 사사키는 뜻밖에도 고개를 끄덕였다.

"책상 안에 그대로 넣어뒀을걸."

불행 중 다행이었다. 교과서 내용과 다른 내용이라, 프린트만 있다면 해결이 가능하다.

"그럼, 지금 돌아가서 하면 방과 후에 제출할 수 있겠네. 모르면 도와줄게."

"……히라노, 너 반장이었냐?"

순간 빈정거리는 건가 싶었는데, 그건 아닌 것 같았다.

"선도부. 맞다, 여기 원래 출입 금지 구역이야."

"근데 시원한걸."

뭐라 대답하기 어려운 대꾸에 피곤이 몰려온다.

악의는 없지만 의욕도 없는, 전형적인 노답 캐릭터다. 점점 짜증이 나기 시작했다.

"시원한 데가 좋으면 보건실에 가. 거기가 더 시원하잖아."

"거긴 선배들이 있을 테니 불편할 거 아냐."

뜻밖의 대답이다. 사사키가 그런 걸 신경 쓸 줄은 몰랐다.

"너 양아치 아니었어? 뭐라는 거야."

내가 그렇게 말하자, 사사키는 휙 고개를 돌렸다.

"……이제는 그런 짓 안 해. 게다가 싸움은 못 해서 좋아하지 않아."

토라진 듯한 옆모습이, 뻔뻔한 태도와 달리 어딘지 모르게 어린아이 같았다.

—얘 그냥 학교에 적응 못 하는 거네.

"……야, 너 왜 이 학교에 왔냐? 여긴 진도가 빠르잖아. 그렇게 빠지다 보면 따라가기 힘들어질걸."

잘하는 과목은 그나마 괜찮겠지. 기초가 있는 만큼 몇 달은 버틸 수 있다.

하지만 못하는 과목이 아니어도 잘하지 못하는 과목부터 버거워지기 시작할 터였다.

특히 우리 같은 진학반은 1학년 때부터 대학 입시를 염두에 둔 강좌나 보충수업이 정기적으로 열릴 정도다. 명목상은 '자율 참가'지만 반강제적인 분위기다.

사사키처럼 일주일에 몇 번씩 빠지면, 보충수업을 따라가기도 벅차게 될 게 분명했다.

이 정도 얘기는 입학하자마자 들었을 테지만, 이 녀석은 흘려들었겠지.

"아…… 그냥 갈 수 있는 고등학교 중에서 제일 좋은 데 가라고 해서 온 거라서. 히라노는 왜 이 학교에 온 거야?"

조금은 자조적인 빛을 띤 목소리였다.

그러니까 사사키는 부모나 선생님의 기대에 맞춰 이 학교에 들어온 거다. 그래서 주체성 없이 선택했음을 부끄러워하고 있는 거라면, 사사키는 자신을 너무 낮게 평가하고 있는 셈이다.

정해진 방향을 따라 노력할 수 있었다면 그걸로 충분하다. 일반 고등학교는 진로가 갈리기 전의 준비 단계일 뿐이니까, 앞으로 얼마든지 스스로 선택할 수 있다.

"난…… 하고 싶은 게 있는데, 이 학교에 들어오면 그 목표를 이루기 쉬울 것 같아서."

"……생각이 깊구나. 부럽다, 그런 거."

그의 얼굴에 스친 부러워하는 듯한 말랑한 표정이 왠지 가슴 아파서, 나는 사사키를 노려보았다.

남들과 한 발 떨어진 자리에 서서 아무 노력도 하지 않은 채 체념하기엔 아직 너무 이르다.

아직 5월이다. 고등학교 1학년 5월. 바로 눈앞에서 같은 반 친구가 나가떨어지는 걸 두고 볼 수 없다.

"너도 찾아봐."

"응?"

목소리가 커지지 않게끔 잠시 숨을 고르고 말을 이었다.

"어렵게 좋은 학교에 들어온 거잖아. 매일 지각하지 않고 등교할 이유라도 좋고, 하고 싶은 일이라도 좋으니까 뭐든 찾아보라고. 아니, 찾으려는 노력을 해보는 게 우선인가……?"

익숙하지 않은 설교라 엉성하고 모양이 빠진다.

사사키가 작게 웃음을 터뜨렸다.

"……찾을 수 있으면 좋겠다. 근데 나보다 네가 더 양아치 같아."

생각지 못한 한 마디에 욱했다.

—이렇게 진심으로 걱정해 주는 사람한테 너무한 거 아닌가?

"뭐래. 나 수업은 안 빠지거든?"

"머리는 교칙 위반 아니야?"

"교복은 단정하게 입으니까 괜찮아."

사실이었다. 나는 교복을 대충 입은 적도 없고, 검사가 없는 날에도 안에 입는 티셔츠 색 규정까지 지킨다.

"그게 무슨 논리야."

"필요할 때는 교칙을 지킬 의사가 있음을 표명하는 거지. 머리카락 좀 갖고 논다고 성적이 떨어지는 것도 아니잖아."

"……그러네."

사사키는 가볍게 어깨를 돌리고 크게 기지개를 켰다.

—그만 일어나고 싶은 거 아닐까. 계기가 없었을 뿐.

잘은 모르지만.

“이제 해도 꽤 떴으니까 네 자리에 직사광선이 안 들어오지 않을까. ……어쨌건 이왕 학교에 온 거, 할 수 있는 범위를 정하고 할 수 있는 만큼은 해봐.”

내가 재촉하자, 사사키는 느릿느릿 몸을 일으켰다.

교복에 묻은 먼지를 툭툭 털어내는 모습을 보고, 나는 선도부 회의 때 이곳의 정기적 청소를 요청해야 했다고 생각했다. 학교 안에 이렇게 관리가 안 된 공간이 있는 건 좋은 일이 아니니까.

“……음— 그럼 가서 프린트 정도는 해야겠다. 히라노, 네가 가르쳐줘.”

전혀 미안해하지 않는 태도가 웃겼다.

“가르쳐주는 건 괜찮은데, 프린트는 진짜 있는 거지? 없으면 점심시간 안에 선생님한테 가서 다시 받아와.”

“네, 네.”

사사키한테 묘한 친근감이 느껴져서 나도 모르게 웃음이 나올 뻔했다.

“‘네’는 한 번만 해. 그리고 좀 서둘러. 점심시간 이제 5분도 안 남았어.”

네—, 이번에는 길게 대답한 사사키의 옆을 따라 걸었다.

"그리고 나중에 번호 좀 알려줘."

계단을 내려가며 툭 던지듯 말했다.

"응? 히라노한테?"

뜻밖이라는 반응이다.

"연락이 안 되면 곤란하거든."

괜히 쑥스러워서, 나는 정면을 바라보며 대답했다.

같은 반 친구에게 이런 식으로 신경을 쓴다는 게 왠지 낯설지만, 신경이 쓰이니 어쩔 수 없다. 다음에 무슨 일이 생길 때를 대비해, 미리 알아두는 게 편할 것 같다.

—사사키 슈메이.

첫인상은 건성인 녀석.

두 번째 인상은 성가신 녀석.

"맞다. 너 더운 거 싫으면, 아침에 오자마자 커튼이라도 쳐."

자리에 들어오는 햇빛만 차단해도, 체감온도가 바뀔 터였다.

"응—."

성의 없는 대답.

이 녀석은 하고 싶은 일, 좋아하는 걸 찾기까지 시간이 길릴 것 같다.

그렇게 교실로 가는 길에 대수롭지 않은 얘기를 주고받다가,

사사키네 집이 빵집을 운영한다는 것과 중학교 3학년 때부터 새벽에 일어나 준비를 돕고 있다는 걸 알게 됐다.

어쩐지 점심시간에 빵만 먹더라니.

“아침에 일을 돕는 거야? 그래서 수업 시간에 자면 무슨 소용인데?”

빵집이라면 새벽부터 바쁜 게 당연하다. 무리해서 돕는 거면 그만두는 게 낫지 않을까, 문외한이지만 그런 생각이 들었다.

적어도 학교생활에 영향을 주지 않는 주말에만 돕는다거나, 여러 방법이 있을 텐데.

“아니, 생각보다 재미있더라고.”

사사키가 온화한 얼굴로 대답했다.

뭐야. 소중하게 여기는 것도 있었네.

그것만으로는 부족하겠지만.

“계속 돕고 싶으면, 괜히 엄한 데 얽히지 말고 수업부터 제대로 들어.”

벌써 찍혔다고 말하자, 사사키는 고개를 숙였다.

특히 지각이 너무 잦았다. 수업을 빠지지 않는 날에도 아슬아슬하게 들어오니, 1교시 수업을 하는 선생님들한테는 완전히 찍힌 상태였다.

"그럴게."

담담한 대답. 힘이 없는 무성의한 태도.

이때까지만 해도 사사키에게서는 아직 열의—라고 할 만한 긍정적 방향성이 느껴지지 않았고, 그저 내 잔소리에 건성으로 대답한 거라고 생각했다.

나로서도 굳이 재차 간섭할 의리는 없다.

프린트를 제출한 뒤에는 딱히 말을 걸 일도 없었고.

그렇게 사사키와는 그저 같은 반 친구 이상도 이하도 아닌 관계로 지냈고, 시간이 흘러 우리는 2학년이 되었다.

사사키가 눈에 띄게 달라진 것은 알게 된 지 1년쯤 지난 뒤였다.

2학년 7월.

생각지 못한 사건을 계기로, 그 녀석은 변해갔다. 관심 대상은 물론, 표정까지.

Special Thanks!

집필 하치조 코토코 작가님
전작 <소설 히라노와 카기우라>에 이어 이번에도 모든 캐릭터를 섬세하고 멋지게 그려주신 작가님.
본편 뒷이야기를 다채롭게 꾸며주셔서, 그리고 끝까지 정성스레 완성해 주셔서 진심으로 감사드려요…!

담당 사쿠라자와 님
수많은 교정자분들과 몇 번이나 조율해 주시고, 제 요청 사항을 모두 원고에 적어 반영해 주시고,
맞춤법 및 그림문자를 포함해 세세한 부분까지 여러 차례 확인해 주셔서 감사합니다.
글자 검수까지 전적으로 맡겨 번거롭게 해드려 죄송합니다. 제가 모르는 부분에서도 많은 조율을 해주셨으리라 생각합니다.
이 소설 말고도 여러 작업이 동시에 진행되고 있었는데, 혼란이 없도록 매번 잘 정리해 주시고 챙겨주셔서 진심으로 감사합니다…!!

협력 코믹진 편집부 여러분
언제나 존경하는 분들입니다. 두 번째 소설까지 출간할 수 있게 해주셔서 감사합니다!
아마 이 소설의 교정 작업에 참여해 주신 분도 계시겠지요…?
모두 감사합니다…! 앞으로도 잘 부탁드리겠습니다….

어시스턴트 토쿠 카나 선생님
배경 작화를 도와주셨습니다. 덕분에 무사히 원고를 제출할 수 있었습니다!

어시스턴트 어머니
마감 한 시간 전이라는 아슬아슬한 시간까지 톤을 칠해줘서 고마워요. 덕분에 제가 살아있습니다.

디자인 카와타니디자인
이번에는 앞표지와 뒤표지의 색감이 다르고, 기존과는 다른 느낌의 구성이었는데, 매번 그렇듯이 귀엽고 상큼하게 정리해 주셨습니다…!
덕분에 매번 그리고 싶은 표지를 마음껏, 큰 화면으로 그릴 수 있었습니다…. 감사합니다.

주식회사 RUHIA의 여러분
전작에 이어 이번에도 조판을 담당해 주셨습니다. 마감 직전까지 문장 조정을 도와주셔서, 꽤 부담을 드렸을지도 모르지만…
덕분에 이렇게 무사히 출판할 수 있었습니다…! 정말 감사합니다!!

신자키 다이스케 (주식회사 RUHIA) 님
전작에 이어 교정을 맡아주셨습니다.
1인칭 시점 특유의 호칭이나, 문맥상 지나치기 쉬운 동작의 흐름 등,
제가 미처 보지 못하고 놓친 부분들을 짚어주셔서 눈이 번쩍 뜨였습니다.
스토리의 흐름을 다시 생각할 수 있는 기회를 몇 번이나 챙겨주셨는지 모릅니다. 정말 감사합니다…!

영업부 여러분
전작에 이어 이번에도 많은 도움을 받았습니다!
서점 특전 기획을 제안해 주셔서 감사드립니다! 앞으로도 잘 부탁드리겠습니다…!

항상 아름다운 색을 재현해 주시는 인쇄소 관계자 여러분
지체되지 않도록 배달해 주시는 배송 담당자 여러분,
각 서점과 유통회사 여러분… 그 외에도 도움을 주신 많은 분들
그리고 작품을 수많은 독자 여러분께 전해주시는 모든 분들께
진심으로 감사드립니다.

그리고 twitter나 pixiv, 원작 만화를 응원해 주시는 분들
덕분에 이번 소설 프로젝트가 성사될 수 있었습니다.
이 소설을 읽어주신 독자 여러분,
정말 진심으로 감사드립니다!!

수많은 성원과 도움에 힘입어
이 책이 나올 수 있었습니다.
정말 감사합니다!

※서비스 만화는 오른쪽에서 왼쪽 방향으로 읽어주세요.

서비스 만화

소소한 이야기

학습능력이 높은 남친.

빠꼼
찾았다,
타시로!
!

찾—았—
다—!
동아리
가야지.
?!

어떻게
알았죠?!
발신기라도
달아뒀어요?!
넌
날 뭐라고
생각하는
거야.
그냥…

그룹채팅으로
100명
정도한테
정보를
부탁했을
뿐이야.
타시로
남쪽 건물에서 봤어요.
쓰레기처리장
통과
1층 복도
뛰어다니던데
1층!
뛰고 있어요!
고마워.
찾았어.
오—!
역시!
무서워
!!!
100이라니!

인해전술.

다른 부류.

처음 ~ 몇 번까지
두근 두근
두근 두근
특전… 받고… 바로 가자… 응.
두근

한참 시난 후
신간이랑… 속간 중에 인 신 게 있니…. 바로 찾을 수 있으면 좋겠다.

첫 동행
……
이 서점에도 많네

긴장 안 되세요?
?
만화를 사는데 왜?
아, 네.
역시 버글은 강하다 ….

씻고 나니까
출출해지네….
히라노 선배도
과자
드실래요?

뒤적

부스럭

기초대사량
뭔데?

방금 먹었잖아

운동부의 식사.

그래서 니바시가 ….
하하, 또야?

늦은 시각.

마침

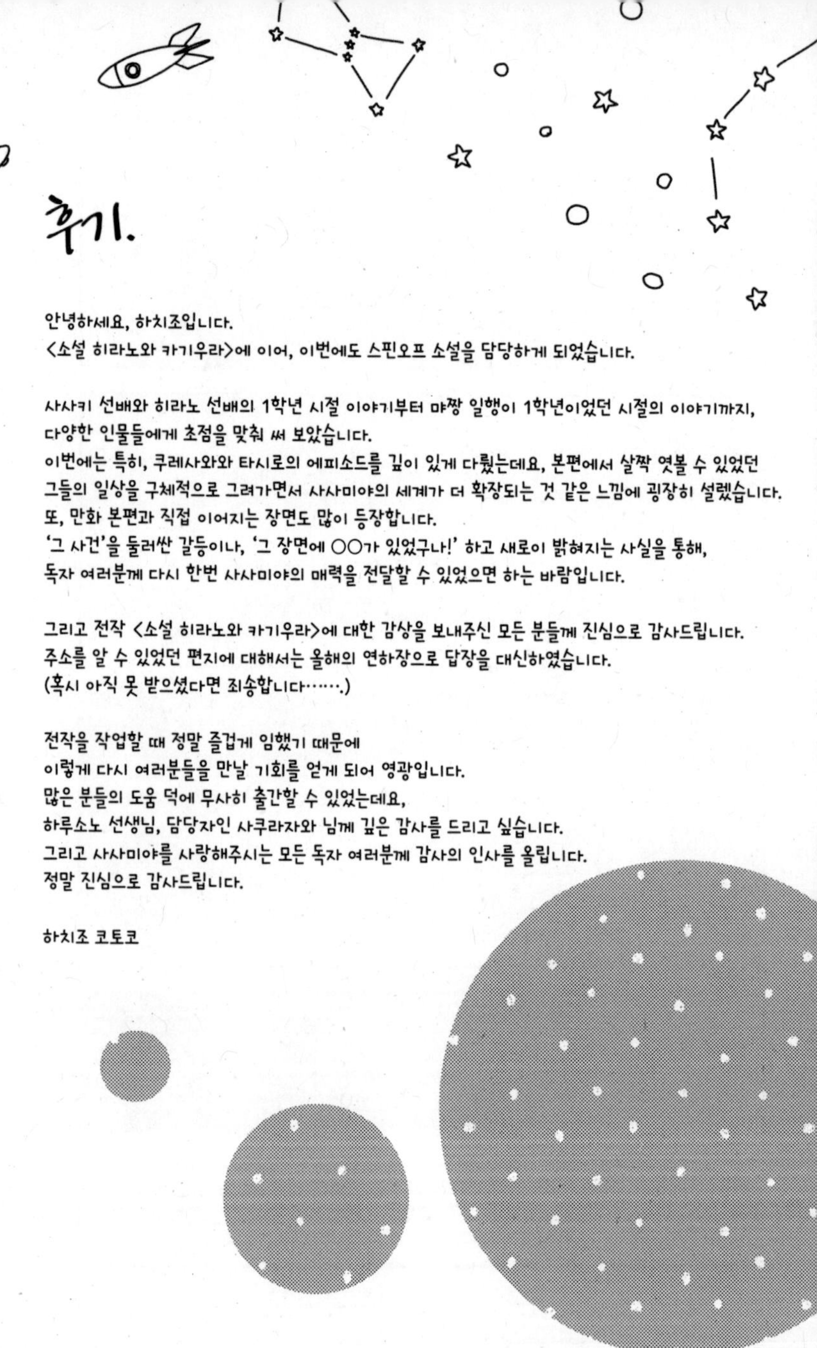

후기.

안녕하세요, 하치조입니다.
<소설 히라노와 카기우라>에 이어, 이번에도 스핀오프 소설을 담당하게 되었습니다.

사사키 선배와 히라노 선배의 1학년 시절 이야기부터 먀짱 일행이 1학년이었던 시절의 이야기까지, 다양한 인물들에게 초점을 맞춰 써 보았습니다.
이번에는 특히, 쿠레사와와 타시로의 에피소드를 깊이 있게 다뤘는데요, 본편에서 살짝 엿볼 수 있었던 그들의 일상을 구체적으로 그려가면서 사사미야의 세계가 더 확장되는 것 같은 느낌에 굉장히 설렜습니다.
또, 만화 본편과 직접 이어지는 장면도 많이 등장합니다.
'그 사건'을 둘러싼 갈등이나, '그 장면에 ○○가 있었구나!' 하고 새로이 밝혀지는 사실을 통해, 독자 여러분께 다시 한번 사사미야의 매력을 전달할 수 있었으면 하는 바람입니다.

그리고 전작 <소설 히라노와 카기우라>에 대한 감상을 보내주신 모든 분들께 진심으로 감사드립니다.
주소를 알 수 있었던 편지에 대해서는 올해의 연하장으로 답장을 대신하였습니다.
(혹시 아직 못 받으셨다면 죄송합니다…….)

전작을 작업할 때 정말 즐겁게 임했기 때문에
이렇게 다시 여러분들을 만날 기회를 얻게 되어 영광입니다.
많은 분들의 도움 덕에 무사히 출간할 수 있었는데요,
하루소노 선생님, 담당자인 사쿠라자와 님께 깊은 감사를 드리고 싶습니다.
그리고 사사미야를 사랑해주시는 모든 독자 여러분께 감사의 인사를 올립니다.
정말 진심으로 감사드립니다.

하치조 코토코

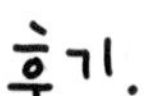

안녕하세요! 하루소노입니다. <소설 히라노와 카기우라>에 이어 <사사키와 미야노>가 소설로 출간되었습니다!
집필은 전작과 마찬가지로 하치조 코토코 선생님께서 맡아주셨습니다.
정말 감사합니다!

많은 분들의 응원 덕분에, 이렇게 두 번째 소설을 출간할 수 있었습니다.
사사키와 미야노의 세계는, 지금 이 글을 읽고 계시는 여러분 덕분에 지금도 넓어지고 있습니다.
변함없는 성원에 진심으로 감사드려요.

이번 소설은 전작과 달리 1인칭 시점으로 집필되었습니다.
옴니버스 형식이라 짧은 장면 속에서도 흐름이 잘 보이도록, 하치조 선생님께서 여러 차례 조정을 해주셨습니다.
힘드셨을 텐데 정말 감사드려요…!

이 소설은 기본적으로 단행본 1권~2권 사이, 즉 생략된 1학년 시절의 이야기가 메인입니다.
만화를 그릴 때마다 새로운 캐릭터를 등장시킬 때는 그 인물로 30페이지 가량의 짧은 단편을 그릴 수 있을 만큼의 설정을 정해주는데요,
그 30페이지는 <사사키와 미야노> 속 두 사람의 교류와 직접적인 관련이 없어서 만화에서는 생략한 부분이었습니다.

그 부분을 담아낸 이야기예요!

아래는 소설 속에서 제가 좋아하는 부분입니다.

쿠레사와의 이야기 첫 부분에서는 제가 '여친 덕질의 시작' 같은 분위기가 있었으면 좋겠다고 막연히 부탁을 드렸는데,
하치조 선생님께서 "거기서부터 그녀와 함께하는 새로운 인생이 시작됐다."로 마무리해 주셨습니다.
그 문장을 처음 봤을 때, '완전 청춘이잖아!!!!' 하며 순식간에 반짝이는 세계의 이미지가 눈앞에 펼쳐졌던 게 생각납니다.
3장 마지막에 "좋은 영향을 주는 존재란 언제나 불현듯 나타나는 법이므로."라는 문장이 나오는데,
이건 히라노 선배에게도 해당되는 얘기 같아서 가슴이 막 두근거렸습니다.
하치조 선생님의 문장은 여운이 정말 좋습니다. 읽고 나면 한동안 눈을 감고 그 여운에 잠겨있고 싶어져요.
마치 따뜻한 욕조에 몸을 담근 듯한 느낌이라고 할까요….
특히 타시로의 1인칭 시점과 궁합이 정말 좋았다고 생각합니다. 부드러움 속에 예리한 감각이 스며 있어, 읽으면서 두근거리는 순간들이 있었습니다. 서점 특전용으로 '축제 전날 이야기'를 새로 써주셨는데, 타시로에 대한 묘사가 정말 인상 깊었어요!

하치조 선생님께서는 정말 원작 만화를 꼼꼼히 읽어주시는 것 같아요.(제 착각일 수도 있지만, 그렇게 알고 계속 이어가겠습니다)
예를 들어, 쿠레사와가 싸운 뒤에 안경 렌즈가 깨지지 않았다는 묘사가 있는데, 이건 만화 단행본 3권 105페이지에 나오는
쿠레사와의 회상 한 컷을 기반으로 넣어주신 게 아닐까… 싶거든요.
설정 자료에 넣지 않은 만화 속 묘사를 세심하게 포착해주신 느낌이 들었습니다.
정말 감사합니다….

또, 플롯 단계에서 이런 감정 변화가 있을 것 같다… 정도로 애매하게 적어둔 부분을 매우 섬세하게 표현해주셔서,
(만화에서도 마지막까지 여러모로 변경하는 부분) "아-! 이거! 이거야, 이거! 바로 이거라고!" 하며 감탄하는 일이 자주 있었습니다.

이런 식으로 정말 즐겁게 소설을 감수할 수 있었습니다.
만화와 함께 즐겨주신다면 정말 기쁠 것 같습니다.

시간이 되신다면 감상도 들려주시면 감사하겠습니다!

〒102-0071　千代田区富士見2-13-12
株式会社KADOKAWA
ジーンピクシブ編集部気付
八条ことこ先生 또는 春園ショウ

소설 사사키와 미야노 1학년

2026년 01월 08일 초판 인쇄 2026년 01월 15일 초판 발행

원작/만화 : Shou Harusono
소설 : Kotoko Hachijo
역자 : 한나리
발행인 : 황민호
만화/웹툰사업본부장 : 이봉석
책임편집 : 주어진 / 임효진 / 김영주
발행처 : 대원씨아이(주)

서울특별시 용산구 한강대로 15길 9-12
전화 : 2071-2000·FAX : 6352-0115
1992년 5월 11일 등록 제 3-563호

NOVEL SASAKI TO MIYANO 1NENSEI

잘못 만들어진 책은 구입하신 곳에서 교환해 드립니다.
문의 : 영업 02) 2071-2072 / 편집 02) 2071-2113

ISBN 979-11-423-3801-4 07830